AF431983

24 días antes de Navidad

24 días antes de Navidad

ANNE ABAND

ISBN: 9798756646948
 Registro propiedad intelectual : 2110309672919
Diseño de cubierta: Roma García
Correcciones: Sonia Martínez

www.anneaband.com
anneaband@gmail.com

Que esta Navidad sea brillante, traiga alegría, amor y encienda un Año Nuevo lleno de luz y esperanza.

Índice

Mi parrafada

David es mi vecino desde que mis padres, él español y ella norteamericana, se mudaron a este barrio pequeño residencial. Jugábamos juntos en el patio, y aguantábamos a su hermana pequeña hasta que ella se convirtió en una más del grupo.

Fuimos juntos a la guardería, él me salvó de una niña que pretendía morderme y yo de un niño que le robaba el almuerzo. No con mala intención, claro. Pero, en resumen, puedo decir que somos más que amigos, somos inseparables.

Cuando cumplimos quince años, nos dimos el primer beso. Fue algo simple, bonito, un poco asqueroso (y eso que no fue con lengua). No llegó a más. Con los años, salimos juntos en la misma pandilla, con su hermana, su primo y algunos chavales más; empezamos a tontear, y finalmente, desde los dieciocho que fuimos a estudiar a la universidad, vivimos -y dormimos en alguna ocasión- juntos. Parecía algo inevitable, algo predestinado.

Nuestras familias están encantadas de que parezcamos una pareja, son tan amigos que ya se han repartido el cuidado de los futuros nietos. David y yo nos reímos porque ninguno ha pensado seriamente en ello. O al menos yo no.

¿Todo es perfecto? Aparentemente sí. Nos reímos y nos lo pasamos genial. Tenemos gustos similares e incluso una empresa propia. Ambos estudiamos arquitectura, junto a su primo Roberto, y mientras él se fue a Madrid para crear su estudio de reformas, nosotros nos quedamos aquí, en Zaragoza, para montar un estudio de decoración de interiores. Diseñamos nuestras propias telas, muebles y objetos decorativos, y no nos va mal. Hablamos de todo y nunca discutimos, a pesar de que él es algo desastre con las cosas y yo soy muy ordenada y calculadora. Encajamos como dos mitades de una naranja, aunque durmamos en diferentes camas. Sin embargo, mi intuición me dice que esto tiene una fecha límite.

Y todo empezará a ocurrir justo veinticuatro días antes de Navidad.

Día 1 de diciembre (24 días antes de Navidad)

Jennifer

—No sé por qué tienes que irte hoy —digo preparando unos cereales de avena, muesli y algo de fruta que baño con leche de soja. David mira mi bol con algo de repugnancia. Él está tomando unos huevos revueltos, aguacate y una tostada con tomate. Lo miro y me enfado por ello. Está muy delgado y fibroso.

—Jennifer, mi primo Robert me ha dicho que tenemos que concretar algunas cosas del proyecto del chalé de mis padres y que tengo que ir para elegir materiales. Ha pedido expresamente que le ayude a diseñarlo. Creo que siente bastante respeto por mi padre, ya sabes, por lo de sus premios de arquitectura y tal.

David sonríe y acaba su desayuno. Deja el plato en el lavavajillas y espera a que yo acabe de hablar.

—Ya, pero ahora que empieza diciembre, no sé, pensé que estarías aquí algo más de tiempo, que adornaríamos la casa… todo eso.

—Lo sé y lo siento.

Echo un vistazo a nuestro apartamento. Lo conseguimos gracias a unos contactos de mis padres. Es un *loft* de diseño en el casco viejo, una segunda planta que reformamos de arriba abajo. Entra mucha luz, hay plantas por todas partes que dan viveza a los colores neutros que me empeñé en poner. Tiene tres habitaciones y un enorme salón con comedor y cocina. En la planta de abajo tenemos un espacio diáfano que estamos reformando para montar nuestro estudio y no tener que pagar otro alquiler. Él me mira con cara de cachorrito y acabo por aceptarlo.

—Está bien, David. Vete con Roberto —remarco bien la «o», porque el chulito de su primo, en cuanto se fue a vivir a Madrid, se cambió el nombre a Robert, con la excusa de que su padre tiene ascendencia australiana.

—No te enfades, nos veremos en Benasque. Podemos adornar la casa de tus padres. Mientras tanto, le diré a mi hermana que pase a ayudarte, ya sabes que estas cosas le entusiasman.

Me da un beso en la frente y se va a trabajar. Por las mañanas está dando clases en la facultad de arquitectura. Aunque es joven, pues solo tiene veintinueve, como yo. Consiguió entrar como adjunto, algo que nos ayudó mucho cuando estábamos comenzando. Yo me pateé los comercios cercanos y logré clientes, así que también contribuí al nacimiento de nuestro proyecto común.

Me acabo los cereales y meto el bol en el lavavajillas. Mi casa es preciosa y perfecta y, aun así, siento que algo falla. A veces lo miro y pienso que además de mi mejor amigo, podría ser algo más, pero no sé, algo me detiene. Pero según mi amiga Cris, un tipo tan atractivo como David debería tomar la iniciativa. No solo es guapo, con su barbita corta, sino que, como va al gimnasio, está en muy buena forma. Y sabe qué hacer con una chica. Eso también lo comprobé hace tiempo.

Suspiro y me visto, hoy me pongo mi traje de chaqueta azul marino, con una preciosa blusa azul claro y mis tacones. Voy a hablar con el director de un banco importante, que quiere modernizar sus oficinas. Si nos sale este contrato, tenemos trabajo para todo el año que viene y dinero para hacernos un súper viaje o cambiar el coche. Cojo mi portafolios y el abrigo con toda la documentación y salgo para el centro caminando. Hace frío y aire, y me encojo un poco más en mi metro setenta y dos. Mi pelo rizado no se mueve mucho. La coleta lo mantiene retenido, y los dos kilos de espuma que me he echado, me permitirá no parecer despeinada cuando llegue.

David sale en coche esta misma tarde, probablemente ni venga a comer. Al menos, puedo contar con su hermana Alicia. He tenido algunas ideas para decorar el piso y luego hacer preciosas fotos para las redes sociales. Alicia es muy guapa y delicada y me servirá de modelo.

La reunión resulta interesante. El director del banco resulta ser una directora, recién nombrada, y con muchas ganas de cambios y, lo más importante, con presupuesto para poder hacerlo. Firmamos un contrato para seis meses de trabajo y procuro no saltar de alegría cuando lo hacemos. Me espero hasta estar en la calle y enseguida llamo a David y le dejo un mensaje en el teléfono. Luego llamo a Alicia, que ahora mismo trabaja con nosotros y está en la oficina, y quedamos para comer.

Vamos a uno de esos restaurantes en los que por pestañear dos veces te cobran diez euros, pero no me importa. Hay que celebrar el éxito.

Entro en el lugar, ya que estoy más cerca que ella y la espero tomando una copita de vino blanco verdejo. Me sacan una especie de oliva deconstruida y, la verdad, está deliciosa. Enseguida llega Alicia y me da un súper abrazo. Ella es efusiva y cariñosa, como su hermano.

—¡No me puedo creer lo del contrato!

—Mujer de poca fe —digo sonriendo.

—Si no es por ti, sino porque, al final, somos una empresa pequeña —dice tomando un sorbito de vino blanco.

—Sí, pero haber decorado la casa del rector y alguna otra casa de gente VIP nos ha ayudado mucho. Ya sabes, más vale tener padrinos...

Ella sonríe y mira con curiosidad la oliva deconstruida y se la toma de un bocado. Está un poco picante y nos reímos cuando se pone colorada y se bebe el vino casi de un trago.

—¿Ya se ha ido mi hermano? —dice ya más tranquila.

—Sí, después de clase cogía el coche hasta Madrid. Me ha dicho que se quedará unos días. Imagino que quiere retomar alguna vieja amistad.

—Ya —dice seria—. ¿Os pasa algo? O sea, os veo bien, como siempre, pero no sé...

—Estamos bien, cansados por tanto jaleo, supongo. La casa de tus padres trae de cráneo a David. Dice que es un proyecto importante para él.

—Claro, si mi padre no fuera el catedrático de arquitectura retirado más famoso del país, seguramente no tendría tanta presión —suspira ella.

—Es normal. Pero junto con vuestro primo y su socio seguro que crean el proyecto perfecto.

—Sí, Robert es un crac con el tema de las reformas.

Bufo un poco, pero no digo nada. Desde pequeños nos llevamos mal. Era el típico que, cuando venía a casa de David, andaba fastidiándome, tirándome del pelo y cuando salía en la pandilla, se metía conmigo. Insoportable. David decía que él era así, pero me alegré muchísimo cuando decidió irse a vivir a Madrid. Las pocas veces que ha venido a lo largo de estos años, lo he evitado como quien evita un niño con piojos.

Nos ponemos al día de las últimas novedades de la revista de decoración que nos encanta y se nos pasa la comida volando. Hemos quedado con nuestra amiga Cris a las cinco, para tomar un café y lo que sea, porque ya que es jueves y somos un poco menos pobres, es buen motivo para irse de marcha. Me paso a cambiar de ropa por el *loft* y escucho el mensaje de David, que me felicita efusivamente y que dice que se va a Madrid.

Me pongo unos vaqueros y un jersey verde que deja un hombro al descubierto. No soy excesivamente delgada, tengo mis curvas, pero gracias a la insistencia de David a que haga deporte, están puestas en su sitio. Mis ojos verdosos combinan bien con el jersey. Cris tiene el pelo rubio y es algo más bajita, pero ella y Alicia son preciosas. A veces no me siento la más guapa del grupo, pero no me importa. Ellas me hacen sentirme valorada. Son amigas, hermanas, compañeras de vida... son lo más.

Salimos a comernos la noche y eso hacemos. Ellas vendrán a dormir a casa y se nos hacen las tres de la mañana. Hemos bebido, comido, bailado y reído como hacía mucho tiempo. Caigo redonda en mi cama. Cris se echa a mi lado y acabamos roncando a la vez. Una gran noche.

Día 2 de diciembre (23 días antes de Navidad)

David

El viaje a Madrid ha sido tedioso. Cada vez me gusta menos conducir, pero llego a casa de mi primo Robert en un santiamén ya que vive en un impresionante piso en Valdebebas, a las afueras. Allí aparcaré el coche y será él quien me lleve a todas partes. Madrid es algo locura, tanto tráfico y ruido. Cuando estuvimos haciendo el máster Jennifer y yo, ella lo disfrutó. Se asombraba de todas las cosas estupendas que se podían hacer. A mí no me gusta tanto.

Aparco delante del impresionante bloque ya pasadas las siete de la tarde. Escucho el mensaje de mi chica y la felicito por conseguir el contrato con la entidad bancaria. Eso nos dará una gran tranquilidad y seguro que nos abre la puerta a nuevos proyectos.

Saco la maleta y la bolsa y me dirijo a la puerta. Mi primo vive en un ático modificado, como no podría ser de otra forma. Unió dos pisos y quitó muchas de las paredes, por lo que tiene un salón de casi cincuenta metros. Entro en el portal y, cuando llego a la puerta, sale a recibirme y me da un abrazo. No ha cambiado mucho. Alto, con músculos de gimnasio, lleva una barbita que disimula su mandíbula algo cuadrada. Sonríe y me da dos palmadas en la espalda. Es algo más alto que yo y siempre me lo hace notar.

—¿Qué tal, primo? ¿El viaje bien?

—Estupendamente.

Mete mi maleta en su piso y escucho la música alta. Lo miro, curioso.

—¡Fiesta de bienvenida!

Abre los brazos y veo que hay unas quince o veinte personas, muchas de ellas, preciosas mujeres, bailando en el centro del salón.

—No tenías por qué, ya sabes…

—Sí, ya sé que estás viviendo con nuestra formal Jennifer, pero tampoco pasa nada si te diviertes un poco. Seguís sin ser novios, ¿verdad?

Niego con la cabeza, un poco enfadado. ¿Qué más le da? Dejo las maletas en el cuarto de invitados que está junto al suyo y salgo, ya sin americana y sin corbata. Robert se acerca a mí con una copa y una mujer de cerca de los cuarenta, atractiva a rabiar.

—Mira, David, esta es Annetta, mi nueva socia, de la que me has escuchado tanto hablar.

Ella sonríe y alarga la mano, yo se la doy y me mira a los ojos fijamente.

—Te advierto, Annetta, que mi primo tiene novia —dice riéndose. Su socia me sonríe de medio lado y los tres nos sentamos en la terraza. Es tan grande que tiene una zona semi cubierta, con una estufa. Allí podremos hablar un poco, con menos ruido.

Hablamos un poco de todo y de nada y me doy cuenta de que Annetta es una mujer no solo atractiva, sino interesante y muy inteligente. Comprendo por qué es socia de Robert. Es inglesa, y conoció a Robert en una fiesta, cuando intentó ligar con él. Lo comenta tan tranquilo y ella se ríe.

Enseguida Robert se termina la copa y se va dentro, para bailar con dos chicas a la vez, que probablemente acabarán en su cama esta noche. Annetta continúa hablándome, es como si la conociera de toda la vida y veo que ella se siente muy a gusto. Es interiorista, se ha formado en la universidad de Lancaster y está muy al tanto de las novedades. No hay más que verla en su ropa. Lleva una camisa con amplio escote que se ajusta a su cuerpo y unos pantalones anchos, pero parecen amoldarse a sus largas piernas. Ella sonríe al ver que la miro.

—¿Vamos a por otra copa? —le digo nervioso.

—¿A qué tienes miedo? —me pregunta mirándome de forma intensa.

—No tengo miedo, pero vivo con una persona, no tenemos nada en concreto, pero ahora mismo creo que no busco una relación.

—Las relaciones están sobrevaloradas. Echar un polvo, solo sexo, no es una relación —dice acercándose un poco más a mí.

No puedo sostener su mirada y me levanto, nervioso. Voy dentro. Puede que fuera solo un polvo, pero no puedo hacer eso. Y eso que he tenido una leve erección cuando ella se ha acercado a mí.

Pasamos hasta altas horas de la madrugada en la fiesta de mi primo. Son las seis cuando todos se van, excepto las dos chicas con las que dormirá Robert. Annetta me lanza un beso y yo bajo la mirada.

Para ser el segundo día de diciembre y el primero en el que estaré en Madrid, ha sido un tanto incómodo y, a la vez, desconcertante.

Día 3 de diciembre (22 días antes de Navidad)

Jennifer

Todavía tengo resaca del jueves. Menos mal que hoy es sábado y tengo comida familiar, comida rica que prepara mi padre. A mi madre nunca la pudo sacar de hamburguesas y mantequilla de cacahuete, así que mi padre tuvo que aprender a cocinar, y descubrió que le gustaba tanto, que se dedicó a ello y abrió un restaurante que lleva ahora mi hermano mayor, Ángel. Pero como este año se jubilan ambos, compraron una casa en Benasque, junto a los padres de David. Este verano la reformamos de arriba abajo y por eso, ahora toca la otra. Mi madre está entrando por la valla en ese momento. Viven en un adosado con un pequeño jardín a las afueras, con tres plantas.

Voy detrás de ella y le doy un abrazo. Ella tiene el mismo color rojizo de cabello que yo, aunque ahora lo lleva corto. Es alta y muy guapa. Dicen que parecemos hermanas, y es verdad. Ella me da un ruidoso beso y entramos en la casa. Estas Navidades, aunque las pasemos en Benasque, ha decidido adornar la fachada de la casa con lucecitas y demás adornos, como en su casa de Nueva Jersey.

Me quito mi gorro de punto y sacudo la melena. No ha nevado, pero el aire que hace ha hecho que encuentre alguna hoja de árbol en ella. Mi madre quita una pequeña hojita y la guarda en la mano, para tirarla después.

—¿Y papá? —digo mirando el acogedor salón que ahora está vacío.

—En la buhardilla. Ya sabes mi idea de adornar la casa —dice sonriendo ampliamente—, así que el pobre está clasificando las luces y los renos que vamos a poner. Mi hermana Margaret me ha enviado algunas cosas que ponía en casa de pequeña.

—¿No será exagerado? O sea, lo mismo si las pones, desaparecen, ya sabes, esto no es América —digo dudosa.

—Los vamos a poner en el tejado. David me facilitó un número de unos albañiles que a veces trabajan para vosotros.

Frunzo ligeramente el ceño porque no me lo haya pedido a mí, aunque a lo mejor, no le hubiera dado importancia. Él siempre tiene detalles con mi madre, la verdad.

Subo las escaleras de la buhardilla y encuentro a mi padre sentado en una banqueta baja, intentado desliar las luces navideñas.

—Hola, papi —le digo y le doy un beso en la frente despejada. Lo pasó mal cuando empezó a quedarse sin cabello, pero yo siempre aprovecho para darle un beso allí y así no le parece tan mal.

—Hola, hija. ¿Me ayudas? Lo agradecería mucho —dice. Yo sé que no se enfada con mi madre porque ella a veces piense alguna locura. Se dice que en una pareja debe haber una persona recta e incluso aburrida y una más alocada, y es la única forma de que un matrimonio funcione. En este caso, son él y ella, totalmente. Y con eso, llevan treinta y nueve años juntos.

Me siento en el suelo, sobre una alfombra vieja y empiezo a desenredar pacientemente el lío. Luego miro a un lado y veo un bulto bien empapelado. Levanto una ceja.

—¿Renos? ¿En serio?

Ambos nos miramos y nos echamos a reír. Si a mi madre se le ocurre poner renos en el tejado, es lo que habrá.

—¿Qué tal el trabajo? —dice cariñoso.

—Muy bien, hemos conseguido el contrato con el banco y David se ha ido a Madrid, para el proyecto de la casa de sus padres. Tiene que hablar de materiales con Roberto.

—Aha —dice él. Lo miro y se encoje de hombros.

—Pero nos reuniremos todos allí la semana que viene. Los trabajos de preparación ya han empezado. Ya están los suelos y las rampas adaptadas para el padre de David. Hemos planteado también un ascensor para tener el dormitorio arriba, el baño también, todo ha sido diseño de Roberto. Ha hecho un buen trabajo, tengo que reconocer.

—Aunque sea un poco creído… —dice mi padre sabiendo lo que opino de él.

—Y un chulito —sonrío. Cuando éramos jóvenes siempre estaba dando su opinión y poniéndose por encima de todos. Yo iba con David a todas horas y por eso, él se unía a nosotros. Discutíamos mucho. Supongo que ambos queríamos tener la razón.

—Este verano iremos allí las dos parejas, así no pasaremos tanto calor. Además, en la urbanización están planteando hacer una piscina cubierta.

—¡Con el jacuzzi que te hicimos en tu dormitorio! —digo como si me enfadase.

—Es una bañera preciosa, aunque igual demasiado grande. No sé si la llenaremos. Es mucha agua.

—Ay, papá, date algún capricho de vez en cuando. Seguro que a mamá le gusta estar contigo ahí dentro.

—Anda, déjalo —dice nervioso—. Hoy viene a comer tu hermano y la peque. Voy a hacer ensaladilla rusa.

—¿En diciembre? Ah, vale, es el plato favorito de Sara. No hay nada que un abuelo haga por su nieta —sonrío y él asiente—¿Qué tal va el restaurante? —digo. Hace poco tuvieron un problema con el personal y después se incendió la cocina. Ha sido un año muy duro.

—Va remontando. Si todavía viviera tu cuñada, todo hubiera sido más fácil, pero Ángel ha pasado por mucho en dos años, y con una niña de tres, lo ha tenido complicado.

—Quizá debería plantearse encontrar a alguien. Es joven. Con treinta y cinco no puede enterrarse en el trabajo.

—Necesita su tiempo. Y mira quién fue a hablar. ¿Vas a salir algún día con David o con algún otro chico? Porque que vivas con él si no estás con él no es tener pareja, Jennifer.

—Uy, me parece que me llama mamá —digo levantándome y dejando las luces en el suelo.

—¡Cobarde! —lo oigo decir mientras bajo las escaleras y sonrío.

Tiene razón. Ni estoy con David, ni salgo con otros chicos. La razón no la sé. Cris acaba de romper con su novio de dos años, pero al menos lo tuvo y Alicia está empezando a tontear con un compañero del gimnasio. ¿Y yo?, ¿qué es lo que pasa conmigo?

Día 4 de diciembre (21 días antes de Navidad)

David

Ayer nos fuimos de discotecas y llevo la cabeza pesadísima. Robert está haciendo gimnasia en una habitación que tiene, pero a mí me duele la cabeza horrores. Me doy una ducha para despejarme y pienso en la atractiva rubia que se me acercó ayer. Nos dimos algún beso, más que nada porque estaba medio borracho, pero por suerte, no pasó de ahí. Dice Robert que soy un soso y que le he estropeado el plan. En eso me recuerda cuando éramos jóvenes. Él era el ligón del grupo y yo era el gracioso, el divertido, en el que las chicas confían y piden que las acompañe. Y no será porque no tenga mi punto. Soy algo menos alto que Robert, pero voy al gimnasio cuatro veces a la semana. Hoy no, desde luego.

Salgo de la ducha y leo los mensajes de Jennifer. Me cuenta que su madre se ha empeñado en poner renos en el tejado y me envía una foto de su hermano y su padre subidos a una escalera, mientras ella sujeta a su sobrina en brazos. Las dos están guapísimas, tan pelirrojas y con esa nariz respingona.

Esta semana que viene terminaremos el proyecto y nos iremos a Benasque. Allí acudirá también. Espero que no discuta con Robert. La última vez casi llegan a las manos.

Preparo el desayuno para los dos y mi primo lo agradece. Después de estar una hora haciendo ejercicio, lo come con apetito.

—A ver, primito, quiero que me expliques algo —dice de repente.

—¿El qué? —pregunto extrañado.

—¿Por qué no te enrollaste con Annetta o con la rubia de ayer? ¿Estás con Jennifer por fin o es que has descubierto que no te gustan las mujeres?

—Eres un imbécil muchas veces —digo dejando el tenedor de mala gana en el plato—. No, no estoy con Jenni, solo somos dos amigos compartiendo piso y no me apeteció follar con desconocidas. No soy como tú.

—Pero alguna vez te la has tirado, digo a Jennifer.

—Eso no te incumbe. Pero si me vas a dar la paliza, te diré que sí. ¿Satisfecho? Me gustan las mujeres, pero me lo tomo con calma. No busco rollos de los que presumir o tirarme a toda la que se me ponga delante.

—Oye, que yo elijo muy bien. Y ellas quieren. ¿Qué hay de malo?

—Es tu estilo, no el mío. Voy a preparar el ordenador y hablamos de lo que hemos venido a hablar.

—Está bien, tío, no te enfades. Yo solo quería saber…

—Pues ya lo sabes.

Lo miro molesto y retiro mi plato. Tiene razón Jennifer que a veces es bastante gilipollas. Saco el ordenador y abro el programa de arquitectura que tenemos y pasamos la mañana eligiendo los materiales más adecuados para el revestimiento de las paredes y la chimenea. Ha traído unas muestras y las revisamos todas, eligiendo las que seguro o espero que casi seguro, elegiría mi padre. Él va en silla de ruedas y también tenemos eso en cuenta. Tuvo un accidente en una obra, cuando la estaba revisando, y quedó tetrapléjico. Yo solo tenía diecinueve y mi hermana Alicia, diecisiete. Fue muy duro. Por suerte, y por sus ganas y fuerza, pudo recuperar la parte superior de su cuerpo y siguió trabajando y siendo un padre exigente, pero cariñoso.

Hacemos el listado de todo lo que necesitamos y le paso los planos definitivos a Jennifer para que los revise y comience a diseñar el interior. Ella también encargará material a nuestros proveedores.

Después de cerrar el ordenador, y mientras Robert hace algo de comer, miro por la ventana distraído. Empieza a nevar en Madrid y me encuentro pensando que me gustaría que Jennifer lo viera. Creo que nuestra relación de amistad y la convivencia nos impide tener otras de tipo sentimental. Ninguno damos el paso, y sí, hemos salido con otras personas, pero no ha cuajado. Puede que no seamos los típicos que tienen novio o novia. Robert tampoco tiene novia, al menos no una que le dure más de tres meses. Y la amiga de Jenni, Cris, acaba de romper. A lo mejor es cosa de los millenials, que no podemos tener relaciones duraderas como nuestros padres.

La verdad es que me gustaría encontrar una persona que me comprendiera, que me acompañara en todos los aspectos de mi vida, teniendo su propia parcela, y a la que pudiera amar, besar y hacer el amor. Incluso tener hijos. Sí, eso me gustaría.

Día 5 de diciembre (20 días antes de Navidad)

Jennifer

El proyecto ha quedado de maravilla y ya estoy hablando con los que están poniendo el suelo, para encargar el revestimiento. Además, he visto un par de sofás ideales en un catálogo. Hemos decidido adelantar nuestra estancia en Benasque, porque el encargado de obra está a punto de ser padre y, por supuesto, tendrá su tiempo libre. Hago las maletas. Iremos a casa de mis padres, que tiene varias habitaciones, mientras revisamos la obra. Cris y Alicia se han apuntado. Estas, con tal de tener vacaciones gratis, se apuntan a un bombardeo. Incluso mi hermano vendrá con Sara, ya que están de reformas en el restaurante. El pobre necesita vacaciones. Al final vamos a ser muchos en la casa, pero como hay tres dormitorios, podremos. Cris, Alicia y yo vamos a compartir el de mis padres, con una colchoneta hinchable y mi hermano y mi sobrina dormirán en una cama nido.

Cuando venga David tiene un dormitorio de matrimonio y si viene finalmente Robert, que se vaya a un hotel.

Sonrío por mi idea. Sí, sé que tengo mal carácter, pero él me saca de mis casillas. Mis dos mejores amigas acuden a casa y ponemos todo el equipaje en el coche. Mi hermano viajará en unos días, todavía tiene que arreglar alguna cosa y decir en el colegio de Sara que se coge vacaciones ya.

—Mirad lo que he traído —dice Cris mientras saca un pendrive de su bolso. Alicia se ríe y yo también. Hemos caído en ello enseguida.

—¿El disco de Mariah Carey de Navidad? —digo, y Alicia aplaude. Cris pone el pendrive en mi coche y tras elegir en el ordenador de a bordo, empieza a sonar *Oh, Santa,* una canción con mucha marcha que nos pone a cantar y casi bailar sentadas en el coche.

Tomo la E-7 y salimos de la ciudad. No hay mucho tráfico a esas horas y en lunes. Tenemos tres horas por delante cantando villancicos y charlando como cotorras.

A mitad de camino, Cris quiere ir al baño. Normal, si no ha parado de beber agua, así que paramos en un bar de Barbastro. Nos pedimos cafés y un pincho de tortilla y nos sentamos tranquilas. Total, tampoco tenemos prisa.

—¿Va a venir Robert? —dice Cris cuando vuelve del baño.

—Supongo —me encojo de hombros fastidiada.

—Sabes que pienso, que esa manía que os tenéis es como una tensión sexual no resuelta —contesta Cris. Alicia se ríe.

—Y una mierda, con perdón. Si es tonto perdido. ¿No te acuerdas de que siempre se metía conmigo y con mi pelo rojo? Me llamaba zanahoria, *ginger,* y muchas más cosas.

—Sí, pero se te quedaba mirando y creo que tenía envidia de David —insiste Cris.

—De verdad, qué pesadita estás. Si tanto te gusta, quédatelo para ti —le digo enfadada.

—No te pongas así. Yo solo digo que será divertido veros en la misma casa.

—No tenéis por qué discutir —dice Alicia—, es un poco idiota, pero en el fondo es buen tipo. No sabes lo mucho que ayudó cuando mi padre se estaba recuperando.

—Me da lo mismo, chicas. Estoy bien como estoy y no necesito nada.

—Alguna alegría te darás. ¿Con David a lo mejor?

—Oye, Cris, que es mi hermano.

—¿Tú te crees que estos dos viviendo juntos no se habrán acostado alguna vez? No te hagas la inocente, Alicia.

—Me pregunto por qué tenéis que hablar de mi vida sexual, cuando yo no digo nada de la vuestra. —Las fulmino con la mirada—. A ver, Cris, ¿por qué has roto con tu novio si ya llevabas dos años?

—Ya lo sabes, porque le interesó más su compañera de trabajo. Y eso que sabe bien el refrán de dónde tengas la olla… —Sonríe algo apenada. Está más afectada de lo que quiere confesar—, ya se me pasará. Y estas vacaciones en la nieve me sentarán de maravilla.

—Y tú, Alicia, ¿ya te acuestas con el tipo del gimnasio? —pregunto con la misma intensidad que lo han hecho ellas. La chica se pone colorada.

—A ver, que nos estamos conociendo, solo hemos quedado un par de días. Antes quiero comprobar que es buen tío.

—¿A que fastidia? O sea, somos amigas, nos contamos las cosas, pero lo vuestro con Ro-ber-to —digo remarcando la sílaba— es obsesión.

—Lo que tú digas, pero si puedo, le hago una foto cuando te esté mirando y quizá te sorprendas.

Levanto las cejas y voy a la barra a pagar. ¿Qué es eso de que yo pudiera gustarle? A ver, hace meses que no lo veo y sé que está muy bien, que es atractivo, podría valer para echar un polvo, pues sí. Pero no es mi tipo.

—Venga, deja de soñar y vámonos, ¡la nieve nos espera! —dice Cris dándome una palmada en el trasero.

Nos ponemos los anoraks y los gorros y vamos corriendo al coche. Hay dos grados y un aire frío que resulta algo desagradable. El cielo está gris y dan previsión de nieve. Espero que no haya problemas con la obra de la casa, porque nos haría mucha ilusión que los padres de David y Alicia pudieran pasar las Navidades allí, junto a los míos y a toda la familia.

Antes de encender el coche reviso dos emails confirmando materiales y pienso que es una buena señal, que todo va a salir bien y que serán unas navidades inolvidables, pese a Robert. Quiero decir, Roberto.

Día 6 de diciembre (19 días antes de Navidad)

David

Jennifer ya está en la casa de sus padres con la loca de su amiga y mi hermana. Me ha comentado que las obras van bien, a pesar de que le han dicho que ha estado lloviendo desde hace una semana. Se han instalado y su hermano llegaba hoy. Vamos a estar muy comprimidos, pero supongo que habrá que soportarlo, ¡es Navidad!

En el lujoso despacho de Robert, tomo un café. He saludado brevemente a Annetta, que tiene otro idéntico al de mi primo, con una amplia mesa de trabajo y sillones para sentarse a tomar un café, o lo que sea. Ella está impresionante con un traje de chaqueta que le cae perfecto y una coleta sencilla. Creo que así está más guapa que en la fiesta.

Robert está reunido y aprovecho para revisar las últimas fotos que me ha enviado Jenni. Me ha enviado también una con Cris y Alicia dentro del jacuzzi vacío. Me río al ver la siguiente foto, han subido a Cerler y se han tirado en la nieve, para hacer el ángel. El cabello rojo de Jennifer está extendido por el suelo blanco.

Robert se acerca por detrás y mira la fotografía.

—Está guapa, ¿no? Aunque sigue teniendo el pelo rojo.

—Qué estupidez, si es pelirroja natural. ¿De qué otro color podría tenerlo?

—¿Y todo el pelo lo tiene rojo? —dice mirándome con intención.

—Sí, todo. Y vamos a trabajar.

Se me queda mirando con la boca abierta. Creo que no se acaba de creer que me haya acostado con Jennifer. Es cierto, al principio de irnos a vivir juntos lo hicimos varias veces. Lo pasamos bien, pero luego, no sé qué pasó. Supongo que preferimos ser amigos.

Miramos las fotos de la obra y Robert está de acuerdo que está todo bien.

—Deberíamos salir para allá —dice pensativo—, creo que aquí hemos terminado todo lo que teníamos que hacer y del despacho se encarga Annetta.

—Como quieras. ¿Iremos con mi coche?

—Sí, el mío es deportivo y no creo que le vayan bien los caminos de montaña —dice. Alzo los ojos. Sí, tiene razón Jennifer diciendo que es un chulito. Sonrío. Será divertido estar en la montaña. Hace mucho que no tomo vacaciones y, aunque vamos a trabajar, no es lo mismo.

Nos vamos a tomar una copa a un local y una preciosa morena se acerca a nosotros. Robert la conoce, pero no parece estar interesada por él, sino por mí. Él se aleja y nos deja solos, medio riéndose. La chica es muy atractiva y tiene unos preciosos ojos verdosos. Creo que voy a ceder, ella me invita a su apartamento y voy.

Es un lugar muy minimalista como su vestido negro de tirantes, que deja caer nada más entramos. Solo lleva un minúsculo tanga. Ahora sí que estoy excitado y la beso apasionadamente.

Ella también ha puesto el árbol de Navidad y tiene una chimenea falsa, con velas y adornos dentro. La alfombra que ha colocado justo delante es muy agradable y acabamos enredados allí, entre los espumillones y las bolas de Navidad, el polvo es sublime y estoy convencido de que me hacía falta. Ella disfruta mucho y cuando, al rato, me levanto para irme, me escribe su contacto en mi teléfono. Se llama Arancha y es abogada, lo sé porque nos ha dado tiempo a hablar un poquito.

Me ha sentado muy bien ese rato de sexo. No sabes cuánto lo echas de menos hasta que no vuelves a practicar. Mis excusas son el trabajo y que estoy deseando volver a casa, sentarme en mi cómodo sofá y quedarme dormido, hasta que Jenni me avisa que hay que ir a la cama. No negaré que practico conmigo mismo de vez en cuando, pero no tiene nada que ver. Estar con una mujer, sentir su suave piel e introducirme hasta que ambos gritemos de placer, es algo único. Más optimista, llego a casa de mi primo, que ya está dormido, no sé si solo o acompañado. Me acuesto y me quedo dormido en dos minutos.

Al día siguiente, a las seis, me suena el despertador y después de ducharme, rehago la maleta. Despierto a mi primo, que efectivamente no estaba solo y hace que la chica se vaya de mala gana por ser despertada tan temprano. Yo creo que no lo volverá a llamar.

Salimos de viaje y me dan ganas de poner villancicos, esos que mis amigas ponen desde el día quince de noviembre en casa, cuando llegan a pasar la tarde o a preparar los adornos de Navidad. Sonrío al acordarme del año pasado, cuando Cris echó el árbol encima de Alicia cuando intentaba poner la estrella en la punta. Dio la casualidad de que Jenni estaba grabando el momento y todavía circula por ahí ese vídeo tan gracioso.

Pero con Robert solo hablamos de trabajo y de mujeres.

—Supongo que ayer te fuiste con esa chica morena, estaba muy bien. Me alegro, porque me da la sensación de que se te va a caer por no usarla.

—Y tú qué sabrás —digo molesto—, a lo mejor se te cae a ti por tantas veces.

—Chico, es que he nacido para el sexo. Me lo paso tan bien y ellas disfrutan...

—No lo dudo. Y ¿no has pensado en encontrar una mujer para casarte? No sé, seguro que a tus padres le gustaría que lo hicieras y que tuvieras algún hijo.

—No creas que no me lo dicen —suspira Robert—, pero todavía no he encontrado a la mujer perfecta, y me refiero a la perfecta para mí. A veces también me gustaría pasar las tardes de domingo en el sofá con alguien.

—Va a resultar que eres un romántico —sonrío. Yo eso lo tengo.

—Será la edad. En cuanto pasas de los treinta, parece que la sociedad te presiona para que tengas un trabajo, una casa, una pareja y, si se puede, hijos. A veces agobia un poco todo.

—Sí, lo sé. Mi familia también nos lanza indirectas a Jenni y a mí. No comprenden que solo somos amigos que comparten piso.

—Entonces, ¿Jenni no sale con nadie?

—Que yo sepa, no.

Se recuesta en el sillón pensativo. Creo que la he puesto en su punto de mira. En el fondo, me da la sensación de que siempre le ha gustado. Supongo que tendré que avisarla, porque él probablemente solo la quiera para un polvo, y eso no lo voy a permitir.

Me siento un poco tenso, pero me concentro en el camino. Ya veremos. No voy a dejar que juegue con ella, es mi compañera. Solo mi compañera. Supongo.

Día 7 de diciembre (18 días antes de Navidad)

Jennifer

Pasa de la una de la madrugada cuando llegan David y Roberto. Los he esperado para poder colocarlos en el dormitorio correcto. Los demás se han ido a la cama. Mi hermano por fin ha tenido que retrasar el viaje y llega mañana, o sea, hoy sobre las once.

—¿En serio vamos a tener que compartir habitación? —protesta Roberto. Frunzo el ceño.

—O eso o te vas a un hotel. La casa es la que es. También puedes dormir en el sofá cama del salón, así que tienes para elegir.

—Hombre, que hay dos camas —dice David conciliador—, no tenemos que compartirla.

Roberto asiente y sube al segundo piso donde le hemos indicado. David se sienta en el sofá y me hace un gesto para que me siente con él. Hemos estado separados unos días y lo echaba de menos.

—¿Qué tal por Madrid? Habéis adelantado mucho —digo contenta.

—Sí, la verdad es que fuera de las fiestas que se monta Robert, hemos trabajado. Tiene una nueva socia, y parece muy competente.

—No me digas que tú también has salido de fiesta…

—Algo, la verdad. Hacía mucho que no salía. Por cierto, me ha preguntado Robert si tenías pareja o algo. No sé si… igual intenta algo.

—¿Conmigo? Lo dudo. Siempre me tuvo manía y, la verdad, yo a él.

—Nunca se sabe. Bueno, deberíamos descansar.

Subimos cogidos del brazo y nos vamos cada uno a nuestra habitación. Pienso en lo que me ha dicho David. ¿Robert? ¿De verdad?

A la mañana siguiente, me levanto la primera y preparo café y tostadas para todos. Cada vez estamos más gente en la casa y aún faltan por llegar. Si no acabamos a tiempo la casa de los padres de David, puede que tengamos que improvisar un campamento en el salón para dormir, porque tendríamos que cederles las habitaciones.

—¡Hoy es el día! —dice Cris entrando en la cocina y dándome un susto.

—El día de qué —contesto mientras le pongo café.

—El día de adornar la casa. No podemos pasar aquí la Navidad, y menos que vengan tus padres, y no tenerlo todo bien precioso y brillante. He pensado que podríamos comprar algún abeto de esos que tienen maceta y luego plantarlo y poner cosas fuera…

—Para el carro que yo tengo que trabajar. Te pareces a mi madre, que les ha hecho poner renos en casa. Pero si queréis, todo está guardado en cajas en la buhardilla. Alicia y tú podéis montarlo, sin tirar nada, claro.

Sonreímos recordando el accidente del año pasado. David baja y olisquea el café. Le pongo una taza con un poco de leche y le acerco el plato de tostadas.

—He dormido de maravilla —dice tomando un sorbo—. Estar en la montaña es diferente.

—Vamos a adornar la casa, ¿te animas? —dice Cris con los ojos brillantes.

—No, lo siento. Tenemos que pasar a casa de mis padres. ¿Estás ya, Jennifer?

—Sí, ¿y tu primo?

—Creo que se estaba duchando.

Alicia baja trotando las escaleras y le da un abrazo a su hermano. Enseguida, Cris pone su teléfono con música de Mariah Carey, en esa lista que tiene de Spotify. Las tres nos ponemos a bailar y a cantar que «lo único que quiero estas Navidades es a ti». Cojo a David, que se resiste un poco y nos ponemos a bailar los cuatro y a dar saltitos. No sé qué tiene la Navidad, pero me dan ganas de reír y bailar. Seguimos bailando hasta que me giro y veo a Robert apoyado en el marco de la puerta, con su aspecto perfecto y su barbita recortada. Está con los brazos cruzados y aguantando la risa. Me paro en seco y los demás también.

—Aguafiestas —dice Cris en voz baja. Coge a Alicia de la mano y se van escaleras arriba para buscar los adornos de Navidad, con el teléfono a todo volumen.

—¿Hay algo de desayunar en esta casa? —dice Robert y lo miro seria.

—Buenos días, Roberto —digo remarcando el «to»—. Tienes café y tostadas, pero date prisa porque ya el personal está en la obra y tenemos que pasar cuanto antes.

Coge una taza de las que ya estaban limpias en el escurridor y se echa el café con parsimonia. Luego, se entretiene en untar la mantequilla en la tostada y ponerse mermelada. Creo que voy a estallar y le voy a poner la tostada en la cabeza. Miro a David que se encoge de hombros. Me vuelvo para ponerme las botas. El día está muy frío y parece que va a nevar. Ojalá lo haga, porque así mi sobrina disfrutará más.

—Os espero en la obra —digo cogiendo mi abrigo y mi gorro blanco.

—Espera, voy contigo —dice David cogiendo el suyo—, ya sabes dónde está, Robert, acude cuando termines.

Salimos cogidos del brazo y vamos a la casa vecina. Justo delante hay un pequeño jardín. En el de mis padres hay plantado un pequeño naranjo que muestra ya sus frutas algo verdes todavía. De todas formas, se empeña en que son buenísimas, aunque son amargas como limones. Es el único que se las come, aunque sufra por ello.

Los empleados de la obra están ya descargando el suelo que faltaba. Hoy quedará listo y las paredes ya tienen el color perfecto. La rampa de acceso está encementada. Saludamos al encargado de obra, el joven del pueblo que está a punto de ser padre.

—Me alegro de veros por aquí —nos dice Juan aliviado—. Mi mujer me ha dado un ultimátum —sonríe—, y quiere que me coja ya vacaciones.

—Claro, sin problema —dice David y le da dos palmadas en la espalda.

Echamos un vistazo a todo y no podemos objetar nada. La cuadrilla de Juan es muy eficaz. Ya lo comprobamos con la casa de mis padres. Incluso creo que podremos avisar para que traigan los muebles del dormitorio.

—Hay un problema con el ascensor —dice Juan cuando llegamos al habitáculo—. El modelo que trajeron no cabía, porque no era el que pedisteis. Y puede que tarden un par de semanas en traer el correcto, porque viene de Alemania.

—¡Qué faena! —digo desanimada. Si el padre de David no puede usarlo, será complicado que puedan pasar las Navidades aquí.

—O podemos convertir el cuarto de invitados en su dormitorio temporalmente —dice David pensativo—. Es algo más pequeño, pero si colocamos solo un armario, la silla de ruedas cabría. Y los arneses del techo son fáciles de poner.

—Eso podría ser —dice Juan pensativo—. Habla con Chema, que es mi segundo y dile todo lo que necesitas. Y después de Navidades, si ya está aquí el ascensor, terminamos la obra.

—La chimenea de piedra ha quedado preciosa, Juan —le digo, y se siente muy orgulloso ya que es su propio diseño.

Mientras Juan termina de poner al día a su segundo, David y yo subimos al segundo piso. Tiene tres habitaciones y dos baños, como el de mis padres. Y lo mejor, hay unas vistas preciosas desde la ventana del dormitorio principal.

—No me importaría vivir aquí, ¿sabes? —dice David mirando a lo lejos.

—¿Estás pensando en mudarte? —le pregunto preocupada.

—No lo sé. A veces pienso que necesito algún tipo de cambio. Vivir aquí podría serlo.

—Pero ¿y la empresa?

—Últimamente me dedico más al diseño de telas o muebles. Es lo que más me gusta. Podría hacerlo desde cualquier lugar.

Lo miro, disgustada. Él sonríe con tristeza. Tal vez sí que le haga falta un cambio. Hace tiempo que está algo más apagado.

—Aunque sentiría mucho que no vivieras conmigo, a lo mejor es hora de que avancemos los dos.

David asiente y baja las escaleras. Me quedo pensando, de repente, que me sentiría muy vacía si él no estuviera cada día en casa. Me he acostumbrado a su presencia y, desde luego, eso no es bueno si quiero tener una relación. Sí, parece el momento de tomar   decisiones.

Día 8 de diciembre (17 días antes de Navidad)

David

Ayer apenas dormí. Después de decirle a Jennifer que quizá me mudase, ella se quedó fatal y yo también. Por la tarde nos fuimos toda la cuadrilla a un restaurante del pueblo y tomamos algo de picar. Puede que eso me sentara mal también. O ver las pullas que se lanzaban continuamente Robert y Jenni. Parecía que estaban pendientes de lo que decía el otro para lanzar un comentario irónico. La mayor parte de las veces, nos partíamos de risa, pero otras eran algo incómodas.

Me levanto pronto y Jenni ya está preparando el desayuno para todos. Ayer vino también su hermano Ángel y la pequeña terremoto de su hija. Él está algo desmejorado y más delgado. Ha tenido mala suerte. Primero falleció su esposa hace dos años, luego tuvo problemas de personal en el restaurante y hace poco, un pequeño incendio. Me alegro de que se haya podido tomar unos días libres, aunque eso suponga compartir habitación con mi primo que, por cierto, si se pensaba ligar a Jennifer, empezó mal. Ella apenas le habla. Eso me da una ligera satisfacción. Porque, la verdad, no quiero que sufra.

—¿Has hecho la carta a Papá Noel? —le digo a Sara, que está dibujando estrellas en un papel. Me mira ofendida.

—No le voy a escribir a Papá Noel porque en mi casa vienen los Reyes Magos.

Lo dice tan seria que no podemos evitar echarnos a reír, tanto Jennifer como su hermano que desayunaban también.

Jenni le pone otra tostada a su hermano y él la mira con cariño.

—Venga, come, que estás demasiado delgado —dice.

Es un tipo alto y lleva el pelo corto, a lo militar. No es pelirrojo, sino de cabello castaño; en eso ha salido al padre, aunque su hija Sara sí lo es.

—¿Qué vais a hacer? —pregunta Jenni.

—Creo que nos subiremos a Cerler. Quiero alquilar un trineo para Sara y pasar allí el día. ¿Tenéis mucho trabajo con la casa de tus padres?

—Excepto el ascensor —digo fastidiado—, todo va en su tiempo. Son días complicados por lo de la Navidad.

Ángel aprieta los labios. Supongo que todavía echa de menos a su esposa. Sara termina su dibujo y me lo regala. Son los tres reyes magos que llevan un carro lleno de regalos. Le doy las gracias amablemente.

Cris y Alicia bajan y después de desayunar se ponen a terminar de adornar el salón, poniendo otra vez la lista de Mariah Carey. Esta vez la pequeña se une a ellas para cantar y bailar. Su padre y su tía la miran con ternura.

Llaman a la puerta y nos miramos. Tal vez sea el encargado, Chema, que pasa a preguntarnos algo. Cuando voy a abrir la puerta, me encuentro cara a cara con Annetta, maleta incluida.

—Hola, ¿qué tal? —dice tan tranquila y entra por la puerta.

—¿Cómo? O sea, ¿no te ibas a quedar al cargo del despacho? —le digo cortado.

—Robert me animó a venir, porque había alguna posibilidad de negocio aquí, pero tranquilo, tengo habitación en el hotel. Solo he venido a saludaros.

—Pasa, claro. Te presento.

Las chicas son las primeras que la miran con curiosidad. Lleva un conjunto de esquí perfecto, con gorro de pelo incluido. Sus botas también son de pelo blanco y están impolutas. Cuando le presento a Ángel, se lo queda mirando con curiosidad.

—Así que tú eres la famosa Jennifer —dice mirándola y le sonríe—, tienes una melena preciosa.

—Gracias, Annetta. Ha sido una sorpresa, pero por supuesto eres bienvenida. Aunque me alegro de que hayas cogido una habitación porque estamos llenos.

Lo dice con amabilidad y sé que es de corazón. Me mira y luego la mira a ella. Tal vez piensa que he tenido algo con ella. Luego le explicaré.

—¿Alguien podría llevarme al hotel Benasque Spa?

—Nosotros nos íbamos a Cerler —dice Ángel—. Podemos acercarte. Sara, coge tu abrigo.

—Eres una señora muy guapa —dice la niña mirándola—. Y me gusta mucho tu gorro.

—Oh, gracias —responde Annetta y se lo quita para ponérselo a ella—. Igual te queda un poco grande. A lo mejor tu papá puede encontrar uno que te valga.

Mira alrededor preguntándose quién será su madre, pero como nadie dice nada, sale y se despide de nosotros con un beso. Ángel coge a Sara de la mano y salen detrás de ella.

Robert baja las escaleras y lo miro pidiéndole una explicación.

—Annetta ha venido —digo y él asiente.

—Ayer me di una vuelta por el pueblo y hay unas casas medio acabadas. Al parecer son de un grupo de cooperativistas ingleses. Quizá ella pueda hablar de tú a tú con ellos y contratar la reforma. Por eso le pedí que viniera. No os molestará, ¿no?

—No, claro. David parece contento —dice Jennifer.

Se da media vuelta, coge el abrigo y sale por la puerta. Miro a Cris que se encoge de hombros y sigue adornando la chimenea y todo lo que tenga una mínima superficie para colgar bolas o espumillón. Exceso de brillo por todas partes.

—¿Problemas en el paraíso? —dice Robert con una media sonrisa que no me gusta nada.

—Ninguno.

Cojo el abrigo y salgo a la calle, porque quiero hablar con ella y explicarle lo que no ha pasado.

****

Jennifer

No sé por qué me enfada tanto que haya venido la socia de Robert. Sí, es muy educada y tiene estilazo y es encantadora... y ¡jolines! David parecía contento de verla. ¿Tuvieron un lío en Madrid? O sea, me da igual, pero no sé.

Paso de largo de la obra y me voy a pasear un rato. Necesito despejarme. Benasque está precioso. Es tan verde y hay tantos árboles que me hace relajarme de inmediato. Y las montañas tan altas son impresionantes. El verano pasado me escapé con mis amigas unos días e hicimos rutas de senderismo, subimos por el telesilla El Molino y vimos otro aspecto del valle diferente al normal, siempre nevado. Fuimos al mirador rincón del cielo y las fotos que hice con la cámara las amplié y cuelgan de mi salón.

Me paro en un mirador que da a las montañas. No conozco tanto Benasque, pero sí hemos encontrado algún rincón bonito en el que hacer fotos. Siento a alguien detrás de mí y me vuelvo. David me mira preocupado.

—¿Qué te pasa, Jenni?

—Nada. —Me giro y le doy la espalda. Él me coge por los hombros y me hace volverme.

—Te conozco desde hace muchos años y esa cara no es de que no te pase nada.

—No sé, supongo que tanta gente me agobia.

—Pero casi estamos en Navidad, y a ti te encanta. Está tu hermano, tu sobrina y tus amigas.

—Tienes razón.

Me acerco a él y le doy un abrazo que corresponde con otro bien agradable. Suspiro y volvemos caminando hacia la obra.

—Y la socia de Robert, ¿qué tal es?

—¿Annetta? Es una mujer muy inteligente y eficiente. Creo que le aporta mucho a la empresa de Robert.

—Y es muy guapa.

—Sí, lo es.

Lo miro y sigue caminando como si nada. No me entiendo, ¿estoy celosa o qué me pasa?

—Pero, sinceramente, no es mi tipo —continúa diciendo—. Ya sabes que no busco una relación.

—Ya, yo tampoco —contesto de inmediato. Siempre nos hemos dicho eso.

Llegamos a la obra y nos separamos. Yo subo a los dormitorios, ya han traído las camas. He comprado también dos cajas enormes de adornos navideños. Ya que van a venir por Navidad, quiero que el efecto de la casa sea total. Pasamos el día con la obra. Alicia trabaja un rato y Cris se entretiene haciendo fotos y colgándolas en su Instagram. Al menos, no veo a Robert, que ha ido a visitar a esos ingleses. No, si tonto no es, desde luego.

Día 9 de diciembre (16 días antes de Navidad)

Robert

Me fastidia reconocerlo, pero Jennifer me pone. Tiene tanto mal genio que creo que debe ser explosiva en la cama. Mi primo es incapaz de contarme detalles, así que son suposiciones mías.

Pero hasta ahora solo he conseguido cabrearla más. Somos incapaces de llevar una conversación normal sin discutir, y tampoco entiendo por qué. O sea, me saca de quicio con sus frases irónicas que, ¡joder!, dan siempre en el blanco.

Estoy cansado y me he sentado en el sofá, son las doce de la noche y estoy tomándome una copa de ron caliente. Es algo que mi tío a veces me daba cuando hacía mucho frío y viajábamos con mi padre de caza, allá en Perth.

Miro alrededor, la casa está abigarrada de adornos navideños. Desde luego, no ha sido cosa de Jennifer, ella tiene muy buen gusto y cerca del minimalismo, aunque en Navidad, todo cambia. Me encanta ver su sonrisa franca y alegre, esa que nunca me ha dedicado. Ella es amable con todos por igual y tiene mucho talento para la decoración.

Echo un tronco más a la chimenea. Siempre me fascinó el fuego, estar delante de una chimenea viendo cómo se consumen los troncos, las brasas van poniéndose rojas y huele a madera quemada. El padre de Jennifer se negó a encapsular la chimenea y, aunque es algo menos eficiente, digamos que es más natural. Puedes sentir más el fuego, olerlo y si te acercas mucho, el calor pone tu rostro colorado. Sonrío al pensar en ello. Una vez, cuando éramos pequeños, en la casa de mi tío, casi le quemo el pelo a Jennifer. La verdad es que me molestaba que no me hiciera ni caso, cuando todas se derretían por mí.

Escucho ruido de escaleras y me vuelvo. Parece que la he llamado con mi pensamiento.

—Ah, hola, Robert, bajaba por un vaso de leche —dice abrochándose la bata que lleva.

—Se está bien aquí, con la chimenea. ¿Quieres tomarte el vaso en el salón? ¿Me voy?

—No, qué va. Me siento igualmente. La verdad es que el fuego es hipnotizador.

—Eso estaba pensando justamente.

Se pone un vaso de leche y la calienta en el microondas. Luego se sienta en el otro extremo del sofá y se descalza, metiendo los pies debajo de sus piernas.

—¿No puedes dormir? —le digo.

—La verdad es que no. Me preocupa lo del ascensor. La obra está muy avanzada y no vamos a poderla terminar.

—Ya sabes que estas cosas pasan. Me acuerdo de un edificio de apartamentos que hicimos en Fuenlabrada que se olvidaron de meter la fibra por la pared, aunque estaba en las especificaciones.

Tuvimos que levantar parte de los veinticuatro apartamentos, con el coste y el retraso que llevó. A veces, son errores humanos; otros, las circunstancias.

—Sí —contesta pensativa.

La miro. Ella tiene la cabeza vuelta hacia la chimenea y puedo apreciar su perfil, con esa naricilla ligeramente respingona. Lleva el cabello en un moño deshecho y la verdad es que me gustaría soltárselo y acariciarlo. Se estremece.

—¿Tienes frío?

Ella asiente y le paso la mantita que tenía yo encima.

—No, hombre. La compartiremos.

Espero asombrado a que ella se ponga justo a mi lado. Huelo algo que podría ser crema corporal y que me encanta. Esto puede ser difícil. Se tapa y sigue tomando a sorbos su leche.

—Creo que esto te sentaría mejor. —Le ofrezco mi vaso de ron y ella se muerde el labio, pero acepta y da un trago al ron. Me he traído varias botellas porque es mi favorito. —Auténtico Brugal reserva.

—Pues es muy bueno, la verdad —dice tomando otro buen trago. Cojo la botella que tengo en el suelo y relleno el vaso.

Durante un rato compartimos vaso y estamos ahí callados, mirando el fuego. Entiendo a mi primo esa felicidad que siente estando con ella. Si no discutiéramos, como hemos hecho estos días, podría enamorarme.

—Creo que estoy mareada —dice echando la cabeza hacia atrás y cerrando los ojos.

—No cierres los ojos, que es peor —le digo dejando ambos vasos en la mesita.

Ella se gira medio recostada y se le escapa una risita tonta. Creo que va un poquito bebida. No querría aprovecharme, pero... está tan bonita que me acerco a besarla aun a riesgo de que me dé una bofetada.

Poso mis labios sobre los suyos de forma muy suave, pidiéndole permiso. Sabe a ron y como veo que no pone reparos, exploro su boca con ganas, mientras mis manos van a su cuello, acariciando su suave rostro. Nos besamos un buen rato, mezclando nuestras lenguas y mordisqueando los labios. Ella gime y yo me excito. De repente, me aparta con suavidad.

—Escucha, yo, o sea...

—Tranquila. No pasa nada.

Se quita la manta y se levanta rápido, con el consiguiente mareo. La ayudo enseguida, tomándola de la cintura. Ella se vuelve entonces hacia mí y me mira. Estamos abrazados, ¿quién lo iba a decir? Bajo la cabeza y atrapo sus labios. La deseo tanto que no puedo parar. Ella se aprieta a mí y noto sus pezones duros contra mi camiseta. Estoy seguro de que ella ha notado que estoy muy excitado.

—¡Jenni! —dice mi primo interrumpiéndonos. Ella se retira de golpe y se cae de culo, menos mal que es en el sofá.

—No pasa nada, David —dice con voz gangosa.

—¿La has emborrachado para enrollarte con ella? ¡Eres un cabrón! —dice David y se acerca dispuesto a pelear.

—¡David! —interviene ella—, por favor, acompáñame a mi habitación.

Él me mira con el rostro muy serio y la coge de la cintura. Suben las escaleras y me enfado conmigo mismo. Tiene razón. Quizá me he aprovechado de que ha bajado las barreras conmigo, pero la deseo mucho. Apago los últimos rescoldos y recojo los vasos y el ron. Creo que mi primo se va a cabrear mucho conmigo y no quiero ni pensar lo que me dirá Jennifer por la mañana. Tal vez sea mejor que me vaya a un hotel, o que me vaya del país. Pero ¡joder!, ¡ha merecido la pena!

Día 10 de diciembre (15 días antes de Navidad)

David

No he podido dormir en toda la noche. Recuerdo cada momento de lo que pasó y siento la necesidad de partirle la cara a mi primo. He salido a las siete, sin desayunar, y me he ido a caminar. Quiero pensar.

Estaba en mi habitación y sentí el presentimiento de que algo pasaba. Al no ver a mi primo en su cama, bajé al salón y allí los vi. ¡Besándola! Y ella también lo estaba besando. Cuando se soltaron y la vi tambalearse, comprendí que había bebido un poco. Este tío hará lo posible por acostarse con ella.

Tenía ganas de darle de hostias a mi primo, si no fuera porque ella era mi prioridad. La subí a la cama y la acosté. Sus amigas dormían a pierna suelta. Ella acarició mi rostro y me sonrió.

—¿Por qué? —le pregunté, enfadado todavía.

—¿Y por qué no? —me contestó ella todavía sonriendo.

La arropé y me fui a mi habitación. Mi primo estaba acostado ya y me miró, pero desvié la mirada. No era momento de hablar, porque estaba demasiado furioso.

Y en este momento, cuando voy paseando por el pueblo, me enfado conmigo mismo por estar cabreado. Ella puede hacer lo que quiera, que es mayorcita. Yo no tengo ningún derecho, desde luego, no para impedir que se enrolle con quien quiera, pero ¿con Robert?

Me meto en el primer bar que encuentro a desayunar. Pido un café con leche bien caliente y una tostada con aceite. Me siento cerca de la cristalera, para ver si el paisaje tan bonito me calma el ánimo y así pasa. Ya respiro más tranquilo y empiezo a pensar que he tenido una reacción exagerada. Menos mal que no le pegué a mi primo.

—*A penny for your thoughts* —dice Annetta sentándose enfrente de mí con un té.

—No creo que te gustase saber lo que estoy pensando —le digo contento de verla.

—Tienes la mirada, como se dice —se queda pensativa—, turbia. ¿Se dice así?

—Podría ser. —Me encojo de hombros y ella se queda callada, tranquila.

Al final, suspiro y le cuento lo que pasó anoche. Total, va a ser algo que se extenderá como la pólvora. No me extrañaría que saliera en las noticias.

Ella está callada mientras me escucha y de vez en cuando asiente. Termino y me la quedo mirando. Otra vez vuelvo a estar enfadado con mi primo.

—Pero Robert no la obligó a besarlo.

—No...

—Entonces, fue algo que ellos quisieron hacer, según entiendo.

—Ella había bebido algo, pero bueno, sí. Era consciente de lo que hacía —reconozco.

—Entonces lo único que pasa es que estás terriblemente celoso porque estás enamorado de Jennifer.

—Yo no… o sea…

—Ay, los hombres a veces sois un poco negados para expresar vuestros sentimientos. Has confiado tanto que la tenías a tu lado, que ahora, que casi te la roban, no sabes qué hacer.

—Joder, Annetta. Yo no sé lo que pienso.

—Lo que no sabes es lo que sientes. Deberías aclararte bien, pensar si realmente ella te gusta, si estás enamorado, pero piensa con el corazón —dice poniendo un dedo sobre mi pecho.

Sonríe y toma un sorbito de té. Ella espera pacientemente a que mis ruedas encajen unas con otras.

—La verdad es que no lo sé. Supongo que llevo mucho tiempo viviendo con ella.

—Tal vez deberías alejarte y mirarlo en perspectiva. Eres arquitecto, sabes que a veces hay que dar un paso atrás para ver la obra en conjunto.

—Tienes razón. Quizá eso sea una buena idea.

—Y ya que estás aquí, querría preguntarte algo —dice. Ahora es a ella a quien le toca estar nerviosa.

—Claro, dime.

—Verás, ayer Ángel y Sara me acompañaron al hotel y nos tomamos algo. Es un hombre encantador, pero me extrañó… bueno, ¿su esposa? ¿Está divorciado o algo?

—Es viudo desde hace dos años. Lo pasó fatal y además su restaurante se incendió hace poco. La verdad es que ha tenido mala suerte.

—Y, sin embargo, eso no le ha agriado el carácter. Es muy dulce.

—Me da la sensación de que te gusta —sonrío al ver que ella se sonroja.

—Un poco. No es del tipo de hombres con los que suelo relacionarme y, aun así, me tiene fascinada. Y la niña, ¡es adorable!

—Pues es cuestión de conocerlo un poco más y ver si sois compatibles. ¿Por qué no? A su familia le encantaría que se relacionase con alguien. Hay que pasar página.

Annetta sonríe y la veo encantadora. Creo que me equivoqué al juzgarla e incluso puede que sea más joven de lo que calculé. Puede que no llegue ni a los cuarenta, aunque en realidad, eso da igual.

—Sí que hemos hecho un desayuno provechoso —dice ella sonriendo—, y, por supuesto, secreto.

—Por supuesto —afirmo—. Esto no saldrá de esta mesa. Voy hacia la obra, ¿quieres venir? Creo que Ángel se iba a pasar a verla y Cris y Alicia se llevaban a la peque de compras. Lo mismo podéis tener un momento para tomar un café y hablar.

—Eres un crac, David. Creo que deberías dedicarte a esto. Y te voy a decir otra cosa. Si al final resulta que estás loco por Jennifer, no dejes que nadie te la quite. Ve por ella, con todas tus fuerzas. La verdad es que es una chica encantadora. Pero claro, tú decides.

Pago la cuenta y salimos caminando hacia las casas. El día está despejado, aunque quedan todavía restos de la nevada de anoche. Todavía no ha empezado el temporal y la nieve cae despacito estos días. Llegamos a la obra y todos ya están ahí. Jennifer está mostrando a su hermano Ángel la chimenea y las habitaciones y Robert está hablando con Chema sobre algún tema. Pero veo que de vez en cuando la mira de reojo. No me enfadaré. No hay motivos. Todavía no sé qué quiero.

Jennifer se vuelve y nos sonríe, a mí, algo incómoda. Ángel también se ha vuelto y sonríe, mirando más a mi acompañante. Aquí hay algo, creo yo.

—Me he encontrado a Annetta, que deseaba ver la obra —digo acercándonos a los hermanos Morales.

—Yo también he pasado a verla. La verdad es que lo que hacen estos chicos es impresionante —dice Ángel colocándose enfrente de Annetta.

—¿Y lo que haces tú con esos platos tan ricos? —dice su hermana—. Annetta, deberías probarlos —Luego se gira hacia su hermano—. Mañana es domingo, ¿por qué no preparas algo especial y comemos todos?

—Claro, iré hoy mismo al mercado —titubea algo cuando la mira—. No sé si hay algo que no te guste, Annetta, ¿quieres acompañarme para escoger los ingredientes?

—Sí, buena idea —dice ella tan contenta. Me da la sensación de que algo se ha abierto, se ha atado y tiene fuerza.

Los veo marcharse y Jenni me mira y se sonroja.

—Deberíamos hablar.

—Tranquila, puedes hacer lo que quieras, eres mayor para saber lo que haces —digo con algo de ironía.

—No seas borde —contesta—. Vamos a mi casa y tomamos un café.

Nos vamos los dos hacia la otra casa mientras veo de reojo a mi primo que no nos pierde de vista.

Entramos en la casa y ella va hacia la cafetera. Prepara café negro y calienta leche.

—Hace frío, ¿verdad? —digo ya que ella no parece querer hablar. Levanta una ceja.

—Estamos en el Pirineo. ¿Qué querías?

—Nada.

—Está bien, David. Lo siento. O sea, no sé qué me pasó. De repente no lo vi tan tonto y me apeteció besarle. Sé que me has advertido y sé que le tengo manía, pero ayer... fue distinto.

—Porque habías tomado algo de ron...

—No iba bebida. Sí que digamos que estaba más relajada.

—Si no llego a bajar, lo hacéis en el sofá.

Sus ojos desprenden chispas cuando termino de hablar.

—¿Y a ti qué más te da?

—Tienes razón. Haz lo que quieras, pero si te cuelgas de él y te deja tirada una vez se acueste contigo, luego no vengas llorando.

—Eres rematadamente idiota, David.

Deja con fuerza la taza en el fregadero, salpicándolo todo de café y sale por la puerta. Creo que he metido la pata hasta el fondo, tocando el magma caliente de su carácter y no sé si la erupción del volcán se podrá parar.

Recojo ambas tazas y me paso a la casa de al lado. Al menos trabajaré, aunque no me hable.

Día 11 de diciembre (14 días antes de Navidad)

Roberto

Cuando ayer los vi marchándose a la casa de al lado, me puse muy nervioso. Ella apenas me había mirado en toda la mañana y David había desaparecido a primera hora. Quería ir detrás de ellos y añadirme en la conversación que sin duda iba a tratar de mí. Pero Chema me tenía muy pillado y, además, no debía ir.

Al poco rato, Jennifer pasó con el rostro muy serio y se puso a ayudar a los chicos a empapelar la zona de las vitrinas del salón. Después, pasó David con el rostro más serio todavía y subió al piso de arriba. Así continuamos trabajando, sin hablar apenas. Cuando vinieron las chicas con la hija de Ángel, nos miraron como si tuviéramos arañas en la cara y estoy seguro de que luego intentarían sonsacarle a Jennifer.

Me fui a dar una vuelta por la noche, al pub más cercano. Incluso pude tener ocasión de ligar, pero no quise. No estaba de humor. Cuando volví, todos se habían acostado. Y hoy toca comida multitudinaria.

Han invitado a Juan, que ya ha sido papá, con su esposa y el bebé, y todos son carantoñas y arrumacos. Incluso Sara está diciéndole a su padre que quiere tener un hermanito, cosa que, si no fuera porque es viudo, resultaría adorable.

Annetta no se separa de Ángel e incluso se ha puesto a ayudarle en la cocina. Ella es muy diestra con el cuchillo, lo que ha despertado la admiración del hermano de Jennifer. Creo que estos acabarán liados. Se nota en sus miradas. Las chicas están ahora jugando con Sara y Jennifer ha dicho que va a por leña. David está arriba, así que aprovecho y la sigo.

Entramos en el cobertizo que el padre de Jenni tiene en el jardín para las herramientas y la leña. Ella no dice nada, pero me va dando troncos.

—Deberíamos hablar sobre lo que pasó anoche —digo mirándola. Ella se gira y sigue apilando leña en una cesta.

—¿Y qué quieres que te diga? —dice por fin, echando todos los troncos en la cesta. Yo hago lo mismo y me quedo libre. Me acerco a ella, lo suficiente para sentir el olor a naranja de su cabello.

—Quiero saber si lo de ayer fue por el ron —insisto.

—¿Crees que no aguanto una copa? —contesta irónica.

—Entonces...

La cojo de los hombros y me acerco a ella, posando mis labios sobre la suavidad de los suyos. Ella no se aparta y vuelvo a disfrutar de jugar con ellos, con su lengua. La tomo de la cintura y la abrazo más fuerte. Ella pasa los brazos por mi nuca. Al rato, me aparto.

—O sea que no fue por el ron —digo sonriendo.

—No te lo tengas tan creído, Roberto —dice poniendo un dedo sobre mi cazadora, pero sonríe.

Me hace gracia que me siga llamando así. Es la única que lo hace. Acaricio su rostro y cojo la cesta. Se escuchan gritos desde dentro.

—¿Dónde habéis ido por la leña, a Madagascar? —Cris grita desde la cocina y vamos dentro. El rostro sonrosado de Jennifer será delator.

Dejo la leña delante de la chimenea y ella empieza a ordenarla en el cajón que tienen.

—¿Se estaba bien fuera o qué? —dice Cris acercándose a nosotros. Lo sabe.

—Sí, yo no tenía nada de frío —le contesto con mi pose chulita. Jenni arquea las cejas y sigue poniendo bien la leña. Cris se escapa con una risita y mira a David que baja las escaleras. Él apenas nos mira y va directamente a la cocina.

No quiero tener mal rollo con mi primo, pero si a él no le interesa Jenni como pareja, tal vez a mí sí. Al menos, quiero probar y ver qué pasa.

Ayudo a poner la mesa y no sé cómo lo hacemos, pero Jennifer acaba sentada entre nosotros dos. El momento es incómodo. Cris y Alicia se parten de la risa y ya veo de quién ha sido la idea. Ella mira hacia enfrente, donde está su hermano, sin girarse hacia ninguno de los dos.

Annetta se ha sentado entre Sara y la familia de Juan y Ángel y ella se comen con la mirada. No sé yo cuánto aguantarán. Y me parece bien, solo que ella vive en Madrid y él en Zaragoza. Es como Jenni y yo. Si en algún momento quisiéramos algo, sería complicado. No quiero pensar en ello.

—El guiso es excelente, Ángel —dice Annetta con su modulada voz. Él sonríe y las chicas aplauden.

—Ha heredado la habilidad de mi padre, cosa que yo no —dice sonriendo Jennifer.

—Bueno, algunas recetas las haces bien —contesta David sin poder evitarlo—, aunque recuerdo aquella paella que les hiciste a mis padres un domingo.

—Ah, calla, por favor —dice Jenni riéndose.

—Me gustaría saber qué pasó —contesta Annetta.

—Bueno, fue un cúmulo de errores. Era novata y quería impresionarlos.

—Echó cayena y pimentón picante, además de que no dejó cocer el arroz y luego se le agarró en el fondo —dice Alicia partiéndose de risa—. A mi madre le entró el hipo por el picante. Y al final, tuvimos que pedir unas pizzas. Mis padres todavía recuerdan ese mal trago.

Todos se ríen y quiero consolar su incomodidad. La tomo de la mano por debajo de la mesa y veo que David ha hecho lo mismo. Ambos la retiramos a la vez y nos miramos tensos.

—Por mucho que he intentado enseñar a mi hermana, sigue haciendo comidas muy sencillas. Lo que me extraña es que David no se queje.

—Bueno, suelo comer en la universidad y por la noche, cualquier cosa está bien para cenar.

Siempre sacándole la cara. Siempre caballeroso. ¿Realmente no siente nada por ella? ¿Es como una hermana? No lo sé.

La comida continúa más distendida. Ángel también ha hecho postre, una tarta de queso que se derrite en la boca. La verdad es que es increíble. Después, las chicas se suben a dormir la siesta con Sara y Annetta le propone a Ángel dar un paseo, para bajar la comida. Él accede. Juan y su familia se van encantados. Hemos pasado un bonito día y ahora solo queda el final. Saber si David va a hablarme o no.

—David, ¿podemos hablar? Joder, hombre, ¿vas a estar sin hablarme todo el tiempo?

—No, tienes razón, hablemos.

Se sienta en el sofá y yo enfrente de él. Me mira con cara de pocos amigos.

—Lo siento, tío. Es que realmente me apetece besarla.

—¿Te apetece? O sea, que la has besado de nuevo.

Asiento y él se gira hacia el fuego vivo, alimentado por los nuevos troncos que hemos traído de la leñera.

—¿Qué intenciones tienes? A ver, que nos conocemos. ¿Te la quieres tirar por algún motivo que no sé y luego nada?

Me molesto. Sé que lo mío es «tirarme» a cuantas mujeres mejor, pero no sé, con ella no es así. Claro que la deseo. Pero es algo más.

—Mira, David, no sé a qué puede llevar. Ni siquiera sé si me voy a acostar con ella, algo complicado con tanta gente por en medio. Pero es la primera vez que no discuto, que ella me sonríe y estoy encantado.

—Claro, es que su sonrisa es especial.

—Pero, escucha, no me quiero meter en medio. Si tú sientes algo por ella, dilo.

—No soy yo quien tiene que decidir, sino Jennifer. Si ella desea estar contigo, por mucho que yo quisiera o no, jamás te diría nada. Además, yo, ni siquiera sé qué pienso.

—Algo te importa…

—Claro que me importa. La quiero, pero no sé cómo.

Me mira a los ojos y veo que de verdad no lo sabe. Yo, sin embargo, creo que está colado por ella. Pero es cierto que, si ella decide estar conmigo, no lo impediré. Todo depende de lo que Jennifer elija.

—De todas formas, me alegro de haberlo hablado. No me gustaría discutir contigo. Eres mi familia.

Él sonríe débilmente y me da una palmada en la espalda cuando se levanta para subir a la habitación. Suspiro y echo otro tronco a la chimenea. Me alegro de haberlo hablado, pero eso no me ha dejado más tranquilo. No quiero hacerle daño a David.

Días 12, 13, 14 y 15 de diciembre (varios días antes de Navidad)

Jennifer

No me cuadra. No lo entiendo. ¿Cómo puede ser Robert tan encantador y amable? Y besa de maravilla. Todavía no hemos hecho nada más que besarnos a escondidas, pero es divertido y excitante. Creo que me apetece probar sus encantos. Cris dice que me lance, pero Alicia es más conservadora. Yo creo que está preocupada por lo que pueda sentir su hermano. Estos días hemos estado muy bien, aunque él se ha vuelto a casa unos días. Según comenta, cosas de la universidad. No sé si es así, pero en parte, me hace sentir menos incómoda por estar con Robert.

Incluso he empezado a llamarle así. ¡Qué cosas! Hemos pasado muy buenos momentos, ocupados con la reforma durante el día y por la noche saliendo a cenar y dándonos besos apasionados. La verdad es que tengo ganas de acostarme con él. Por una parte, tengo esa curiosidad malsana de ver si es tan bueno como dice y por otra, la verdad es que me pone a cien. Pero en esa locura de casa es imposible. Termino de hacer la cama y entran Cris y Alicia a la habitación y cierran la puerta. Me las quedo mirando sin saber qué quieren.

—A ver, maja —dice Cris y sé que va a poner la directa—. ¿Tú qué sientes por Robert? O sea, ¿es un calentón o te interesa?

Me sonrojo, cosa habitual en mí y me siento encima de la cama. Miro a una y luego a la otra.

—No lo sé —confieso.

—Quiero decirte que yo siempre pensé que acabarías con mi hermano David, pero comprendo que si él no hace nada, puedas tener otra relación.

Miro a Alicia y le sonrío. Hace que mis ojos se humedezcan. Es tan tierna.

—De todas formas, quién te lo iba a decir. Has traicionado a tu personalidad —continúa Cris, chinchándome.

—Chicas, es que no lo sé. O sea, quiero a David, pero es cierto que somos como hermanos, o amigos… y ahora estoy descubriendo a un nuevo Robert que no conocía.

—Uy, mira, si lo llama Robert —dice Cris partida de risa. Acaba con un cojín en su cara que me devuelve enseguida.

—Bueno, que Cris y yo hemos pensado que a lo mejor queríais estar solos en la casa —dice Alicia un poco sonrojada—, así que íbamos a proponer llevarnos a Sara de excursión. Y también dejamos a tu hermano libre todo el día para sus cositas con Annetta.

—Sois peor que la Celestina —digo, pero en el fondo me siento agradecida y seguro que mi hermano lo estará.

—Entonces está hecho, mañana haz planes y mira si tienes que depilarte, que no sé yo….

Vuelvo a lanzarle el cojín a Cris, pero tiene razón. A veces, sobre todo desde que no tengo relaciones a menudo, me dejo un poquito. Hoy me pondré mona.

—Se lo voy a decir a tu hermano, para que haga planes también —dice Alicia un poco triste. En el fondo, creo que siente que no sea David con el que voy a estar. Pero yo misma estoy tan confusa… por eso, quiero probar y ver qué pasa. Creo que acostarme con Robert me aclarará algo y, además, hace meses que no tengo sexo. Ya es hora ¿no?

Bajamos a desayunar y sorprendentemente, Robert ha preparado unas tortitas. Las chicas le hacemos la ola, incluida Sara, y mi hermano lo felicita.

—Es una receta de mi madre, me alegro de que os guste.

Parece tan amable ahora. No lo entiendo. Él no puede haber cambiado de la noche a la mañana. Creo que lo que es diferente es la percepción que tenía sobre él. Tal vez lo he juzgado mal siempre.

Vamos a la obra y los demás se van a pasear. Veo que Alicia habla con mi hermano, creo que le está diciendo su plan y él asiente, aunque lo noto nervioso. No ha tenido mucho tiempo y ganas de salir con otras mujeres desde lo de mi cuñada. Supongo que le falta práctica, pero Annetta le hace sentir cómodo y es encantadora con su hija. Me gusta, aunque al principio la juzgué mal, en parte porque pensé que se había acostado con David.

Mientras reorganizo la librería de la casa de los padres de David, pienso en él. Si salgo con Robert cuando volvamos, ¿cómo será la relación con él? Supongo que, de alguna forma, algo se ha roto ya. No he conseguido hablar con él más allá de temas laborales y lo echo de menos. Es mi mejor amigo, mi confidente, mi apoyo. ¿Quería más yo? ¿Quería más él de mí? Nunca me lo dijo. Aunque es cierto que, cuando nos acostamos recién llegados al piso, fue muy satisfactorio. Sus besos, su tacto, su piel. En el fondo, ambos se parecen.

Termino de poner las figuras y miro desde la puerta. Ha quedado preciosa. Ya está a punto y la semana que viene, sobre el veinte, llegarán. Aunque no esté el ascensor, a menos de que ocurra un milagro, el resto de la casa será habitable.

He colocado adornos de Navidad encima de la chimenea y un antiguo nacimiento que tenían en la buhardilla, ya que trajeron muchas cosas y muebles que guardamos allí. Una vez despejemos esa zona, quiero hacerle a la madre de David un estudio de pintura, para que pueda pasar sus momentos en ese lugar. Ella pinta desde hace tiempo y, aunque no tiene fama mundial, sí que es cotizada. Creo que es por eso por lo que su hijo tiene esa mano para el diseño. Con la idea de medir la zona y ver qué armarios cabrán, subo al tercer piso. Ahora que ya hemos colocado los muebles y abierto muchas cajas, el sitio aparece más despejado. Solo nos queda una antigua *chaise-longue,* que todavía no sé muy bien dónde poner, y dos o tres armarios bajos. Tal vez si les doy una capa de pintura blanca, encajen en el estudio.

Me atrapan por detrás y besan mi cuello. Yo me estremezco.

—Hola, pelirroja —dice Robert sonriendo.

—Hola, Rober-to —contesto con retintín.

—Te he visto que subías a la buhardilla y quería preguntar si necesitas ayuda o un beso.

—Un beso no estaría mal —digo.

No espera mucho para satisfacer mi deseo. Me atrapa con sus brazos y me besa de forma apasionada, metiendo la mano por debajo de mi jersey y tocándome la piel, que se eriza. Se aparta y me mira.

—He oído que las chicas se van de excursión. ¿Tú no vas con ellas? —sonríe.

—No, quizá quiera quedarme. Hace días que quiero probar el jacuzzi —digo yo también sonriendo.

—Es una gran idea. La verdad es que tengo los músculos cargados. Un baño de agua caliente me vendría bien. Y si es compartido… no sé si quieres.

—Me parece bien, podemos tomarnos un día de fiesta. La casa está muy adelantada.

Me coge de la mano y me lleva a la *chaise-longue* donde se sienta y hace que me siente encima de él, de lado. Comienza a besarme con pasión y empiezo a excitarme de buena gana. Él mete la mano de nuevo por el jersey y atrapa uno de mis pechos, duros y erizados. Gimo en su boca y noto que su miembro palpita debajo de mis piernas. Se aparta un poco.

—Será mejor que paremos o te desnudaré aquí mismo —dice, algo sofocado.

Yo asiento, aunque no hubiera parado. Estoy muy excitada y algo frustrada, pero tiene razón, puede subir alguien. Baja al piso inferior y yo continúo midiendo, esta vez más distraída y, sobre todo, con demasiadas palpitaciones.

Día 16 de diciembre (9 días antes de Navidad)

Robert

Estoy nervioso como si fuera mi primera vez. Me he duchado esta mañana y, cuando he bajado, ya estaba Jennifer preparando el desayuno. Me ha mirado y se ha sonrojado hasta que las chicas han bajado y se han puesto a reír. Entonces, su rostro se parecía más al color de su pelo. Incluso las pecas de su cara tienen más color.

Faltan algunos detalles de la casa, pero hoy nos vamos a tomar el día libre. He pensado dar un paseo y luego, ya cansados, tomar un baño.

—Nosotras nos vamos de excursión a Cerler y comeremos ahí —dice Cris mirando a su amiga y a su hermano, que se revuelve incómodo. No sé si intentará algo con Annetta, pero ella parece muy interesada. Hemos cerrado el trato con la cooperativa inglesa y, sin embargo, no parece que tenga ganas de volver a Madrid.

Jennifer y Alicia preparan unos bocadillos para almorzar, aunque coman en la estación. Ángel no parece muy tranquilo, pero su hija está deseando irse con las chicas. Han congeniado de maravilla.

—Tranquilo, que la cuidaremos bien —dice Alicia tranquilizándolo—, y cualquier cosa, te llamamos. Tú, solo disfruta del día.

—Eso, eso, disfruta —dice Cris, haciendo que él desvíe la mirada. Ella mira hacia Jennifer y parece que va a decir algo, pero la mirada de su amiga hace que cierre la boca.

Al cabo de media hora de preparativos, las tres se marchan y Annetta viene a buscar a Ángel. Está preciosa, parece que su piel brille, pero son sus ojos los que le dan alegría al conjunto. Ambos se van, de la mano, y no creo que acaben muy lejos del hotel de mi socia.

—Bueno, por fin solos —digo mirándola con intención.

—Sí, solos.

—¿Quieres dar un paseo y tomar un café en algún sitio?

—Claro —ella parece aliviada. No sé si pensaba que me iba a lanzar sobre ella, aunque sea lo que más desee ahora mismo.

Salimos bien abrigados, porque ha nevado durante la noche y las calles están limpias, ya que ha pasado la quitanieves, pero se nota el ambiente frío. Por lo menos, no hay viento y el frío es solo eso. Jennifer se ha puesto su gracioso gorro con pompón y yo también me he puesto uno de punto. Nos damos la mano enguantada y paseamos un rato, hablando de todo y de nada, hasta que ya, con el rostro algo congestionado, vamos a tomar un café. El bar es el típico de la zona con mesas de madera y botellas en las paredes. Está bastante animado para ser viernes, suponía que todos los que estaban aquí estarían esquiando. Han puesto, además, adornos de Navidad y un antiguo nacimiento de cerámica encima del mostrador. Nos pedimos dos cafés con leche bien calientes y nos regalan un churro.

Nos sentamos uno frente al otro y sonrío cuando ella se quita el gorro y su cabello aparece alborotado. Ella se peina un poco con los dedos.

—Estás preciosa. Siempre me gustó el color de tu pelo.

—Pues no sería por lo que te metías conmigo —protesta.

—Supongo que algo tenía que hacer para que te fijaras en mí. Tú solo tenías ojos para mi primo.

Se queda con la boca abierta y me mira de forma intensa. Acabo de confesar que siempre me gustó y lo peor de todo, es que soy yo el que me he dado cuenta ahora mismo de que es así.

—¿En serio? —dice con voz baja.

—La verdad es que no era consciente de ello —digo tomándole la mano y acariciando su dorso con el pulgar—, pero me alegro de haberme dado cuenta, aunque sea a mis treinta y dos.

—Pues me hiciste la vida imposible. Hay amores que matan —dice, pero sonríe.

—Perdóname, Jennifer. Era un gilipollas, chulito, como tú me decías, que pensaba que todas las tías tenían que derretirse ante mí. Supongo que como tú no lo hacías, te di caña.

—Sigues siendo chulito —se ríe y yo con ella.

—Es lo que tiene vivir en Madrid, que somos el ombligo del Universo —digo creciéndome.

—Umm, deja, deja. Me gustas más cuando eres normal.

—¿Te gusto?

—¿Tú crees que te hubiera besado si no fuera así? Con lo mal que me caes.

—Me alegro, porque tú me gustas mucho también.

—Pero, Robert, o sea, no es que esté pensando mucho más allá, pero quedan diez días antes de marcharnos. No sé si me quedaré en Nochevieja porque tengo que empezar el proyecto de los bancos. Y tú volverás a Madrid.

—Lo sé, y lo he pensado, pero hoy no quiero preocuparme por ello. Prefiero disfrutar del día, de lo que hagamos o no hagamos —digo con intención, no quiero que ella se sienta obligada—, y en unos días, vemos qué pasa.

—Está bien. —Hace una pausa y me mira—. Me apetece darme un baño ¿y a ti?

—Es lo que más me apetece ahora mismo.

Jennifer

Pagamos las consumiciones y nos vamos hacia la casa. Hoy les hemos dado fiesta también a los empleados y no trabajan en la casa de los padres de David. De todas formas, está prácticamente terminada. En un par de días y con dos toques finales, estará. Y el ascensor, bueno, rezo porque venga antes del día veinte.

Vamos hacia la casa de mis padres y subimos a su habitación. El jacuzzi está delante de unos ventanales que solo dan a la montaña por lo que nadie nos puede ver. De todas formas, llevan un tratamiento de espejo en el exterior y por ello, sería más difícil que nadie, aunque pasase por debajo, nos viera.

Empiezo a llenar la bañera de agua caliente. Sé que es grande y que es mucha agua, pero hoy nos daremos ese capricho. Echo una bola de sales de baño con olor a naranja, que es mi favorita y el agua empieza a burbujear. Tardará un poco, por lo que estamos incómodos, dando vueltas por la habitación.

Al final, me siento en la cama y Robert hace lo mismo a mi lado.

—Parecemos dos primerizos, ¿verdad? —dice él y sonríe. Yo me siento así también y que a él le pase, me gusta. Me vuelvo hacia él y le beso. Entonces él me devuelve el beso con una pasión desenfrenada. Me echa sobre la cama y comienza a besar mi cuello bajo el jersey. La casa ya está cálida y me ayuda a quitármelo. Debajo llevo una camiseta térmica de tirantes. Una es friolera.

Sus besos siguen por mi hombro, mientras las manos empiezan a buscar el comienzo de la camiseta. Noto su mano fría y me retuerzo. Se aparta de mí, mirándome con una pregunta en su cara.

—Tienes las manos frías, pero sigue, ya se calentarán.

Entonces vuelve al ataque. Ya no me muevo cuando vuelvo a sentir sus dedos sobre mi piel, recorriendo mi pecho y pellizcando suavemente mis pezones. Él se aparta y se quita el jersey y la camiseta y se queda con su torso moldeado a la vista. Lo cierto es que está muy bien, como David. Frunzo el ceño y muevo la cabeza. Tengo que quitarme de la cabeza a su primo, como sea. Me quito la ropa y solo dejo la braguita.

Lo atraigo hacia mí y hago que me bese, por todo el cuerpo. Él se levanta y se quita los pantalones y noto su abultado calzoncillo.

—Tendrás que ser suavecito —le digo mientras se pone, todavía vestido, sobre mí, para que yo sienta su cuerpo y su excitación—, hace mucho que no...

—No te preocupes, lo seré —dice en mi cuello.

El jacuzzi pita y me levanto a apagarlo. Lo miro. Tal vez podemos seguir aquí dentro.

Él se levanta y se quita los calzoncillos. Me da un poco de corte, pero lo miro. Está preparadísimo. Yo me quito la braguita y entro deprisa al agua espumosa. La verdad es que me da un poco de vergüenza.

Él se mete sonriendo. El agua está súper caliente y ambos tardamos un poco en acostumbrarnos. Pero viene bien, porque así nos relajamos. Robert se acerca a mí y me besa. Me atrae hacia él, poniéndome encima de su miembro palpitante. Nos empezamos a besar con hambre. Su lengua recorre mi pecho y juega a ponerlo más duro todavía, mientras baja con dos dedos a jugar con mi sexo. Estoy tan excitada que no tardo mucho en sentir las contracciones del orgasmo. Estamos un rato más, jugando y besándonos. Quiero que entre en mí.

—Es mejor que sea fuera, Jennifer, tengo que ponerme un condón —dice besándome el cuello—, no queramos tener pequeños robertitos.

—No, desde luego —contesto sofocada.

Nos envolvemos en sendas toallas y nos echamos sobre la cama. Allí, él se prepara y con suavidad, entra en mí. Siento su anchura y dureza y eso me excita todavía más. Al cabo de un rato de movernos, noto que comienza a acelerar el ritmo y acabamos yéndonos casi a la par.

Se echa a mi lado, con su corazón palpitando a juego con el mío. Está con los ojos cerrados y el rostro serio.

—Creo que deberíamos vestirnos y vaciar el jacuzzi —dice levantándose. No entiendo nada. ¿Qué ha pasado?

—Sí, claro. Pero Robert, ¿estás bien?

—De puta madre —dice, pero el tono no es de acabar de hacer el amor.

Recogemos y preparamos algo de comer. No entiendo por qué está tan serio. ¿O es que solo quería acostarse conmigo y ya está? Empiezo a mosquearme.

Las chicas llaman y preguntan si pueden venir porque Sara se ha caído y quiere ver a su papá. Les digo que sí y me alegro. No puedo mirarle a la cara.

Preparo unos macarrones para todos mientras Robert pone la mesa. Al final, Ángel y Annetta, que debían estar en su hotel, vienen enseguida. Cuando aparecen las chicas, Sara está llorosa y viene a mis brazos, pero compruebo que está bien. Su padre viene y la examina. Al parecer solo ha sido una caída leve.

Annetta mira con cariño a ambos. Ha habido algo bonito entre ellos, eso está claro. No como a mí. Cris me mira y luego mira a Robert. Yo me encojo de hombros. No tengo ganas de hablar.

En la comida, Sara explica lo que le ha pasado y todos reímos. Realmente ha sido una caída de trineo leve, y Cris y ella rodaron montaña abajo. Quizá se asustó entonces, pero ahora le hace mucha gracia.

Miro de vez en cuando a Robert, que desvía su mirada. No sé qué le he hecho, pero quiero aclararlo con él.

Día 17 de diciembre (8 días antes de Navidad)

David

Alejarme, como me aconsejó Annetta, me ha hecho tomar perspectiva y me da ese momento para pensar. Es cierto que tuve algún problema con los exámenes de fin de año, pero podría haberlo resuelto por teléfono. De paso, he ido a casa de mis padres para enseñarles fotos de la casa. Ellos están muy contentos de cómo está quedando. Mi madre, que es muy inteligente e intuitiva, aprovecha que estamos solos en la cocina para preguntarme qué me pasa.

—No lo sé, mamá. Estoy confundido.

—¿Confundido con temas laborales o personales?

—Personales —digo sorbiendo la infusión que me ha preparado. Ella se sienta enfrente de mí y me sonríe con los ojos.

—¿Tiene que ver con una pelirroja pecosa?

—Las madres siempre lo sabéis todo, ¿eh? —digo con cariño.

—Llevo observándote desde que naciste. Conozco todas tus expresiones y tu carácter, y sé que suena muy friki, como decís vosotros ahora, pero sé lo que piensas.

—Es que no sé qué hacer. No sé qué siento por ella.

—Creo que es muy fácil. Plantéalo así. ¿Podrías vivir sin ella?

—Por poder, podría, pero la echaría terriblemente de menos.

—¿Te ves dentro de diez, quince años con ella?

—La verdad es que sí. Pero Jennifer parece atraída por Robert. Se besaron.

—Ese primo tuyo es muy listo. Siempre le ha gustado la pelirroja y le fastidiaba que ella solo quisiera estar contigo. Y tú has sido un poco paradito, la verdad.

—¿Jennifer le gustaba a Robert?

—Y tanto. Estaba obsesionado con ella. Su madre me dijo que tenía una foto en su mesilla en la que, por cierto, te había recortado. De verdad, eres muy inteligente, pero a veces no te das cuenta de las cosas.

—Pero si ella está con Robert ahora, no tengo nada que hacer. Y no quiero interferir.

—Nunca pensé que mi hijo fuera un cobarde —dice mi madre mirándome fijamente—. ¿Quién te ha dicho que ella no siente lo mismo por ti? ¿Cómo es que no ha tenido ninguna relación amorosa en estos últimos años? Puede que os hayáis acomodado a vivir juntos, pero os lleváis mejor que algunos matrimonios. Sois amigos, sí, y eso es maravilloso, pero hay amor entre vosotros.

—No lo sé, mamá.

Escucho la silla de ruedas que se acerca a la cocina y aparece mi padre sonriendo. Mi madre le sirve un té y me mira a los ojos.

—Chico, solo puedo decirte algo. Si de verdad la quieres, ve a por ella, lucha por su amor. Tener alguien que te ame, como por ejemplo me pasa a mí con mamá, que a pesar de nuestras dificultades, ella está aquí, queriéndome tal como soy, aunque sea un cascarrabias, es lo más bonito que existe. Ni la profesión ni el éxito se pueden comparar a tener un compañero o una compañera de vida.

—Y si ella te dice que no, al menos lo habrás intentado —termina mi madre.

Asiento y les doy un beso a cada uno. Me han ayudado a ver claro y es que tener unos padres como ellos es todo un regalo. Me voy para Benasque.

Mientras conduzco me pregunto cómo lo voy a plantear. Si ella está con Robert, o no, es lo primero que tengo que averiguar. Y después hablaré con ella. Lo mismo decírselo directamente es lo mejor y luego que tome una decisión. Al menos, sabrá a qué atenerse conmigo. Tiene razón mi madre con eso de no callarse los sentimientos. Cuando alguien te gusta de verdad, debes intentarlo. Si al final resulta que no es para ti, nunca podrás haberte arrepentido de no haberlo hecho.

Busco un pendrive en la guantera con canciones de Navidad. Tengo ganas de meterme en ese ambiente. Ojalá hubiera podido ayudar a Jenni a adornar la casa. Le compensaré, lo prometo.

Cuando levanto la vista, veo que un coche se dirige hacia mí, doy un volantazo y mi vehículo, deslizándose por el hielo, da una vuelta de campana y se queda con las ruedas hacia arriba. Me duele muchísimo todo el cuerpo y sé que me voy a desmayar, no sé si estoy bien. Mi último pensamiento es para Jenni.

Día 18 de diciembre (7 días antes de Navidad)

Jennifer

Sigo cabreada con Robert, además, no ha querido ni quedarse en el hospital. Menudo susto ayer tarde. Cuando nos avisó la guardia civil, ya que David llevaba mi número en «avisar a», casi me desmayo del susto. Lo han llevado al hospital de Barbastro. Enseguida lo metieron al quirófano porque tiene algo roto, el pronóstico es grave. Me quedo allí toda la noche y también se queda Alicia, que está llorando a cada rato. Yo debo ser fuerte. Hemos mandado a los demás a casa. Los padres de David vendrán por la mañana. Tienen que alquilar un vehículo especial para venir, pero yo les voy informando a cada momento.

Ahora mismo son las cinco de la mañana y sale la cirujana que lo ha atendido para darnos el parte.

—Tiene las dos piernas rotas y la clavícula también, además de una fuerte conmoción cerebral. Tendrá que estar en observación unos días. Ahora ha despertado y pueden verlo, aunque se quedará en la UCI. Ha preguntado por una tal Jenni.

El corazón me da un vuelco y me echo a llorar. Alicia me coge del brazo y, mientras llama a sus padres, porque yo soy incapaz de hablar, les explica todo lo que nos ha dicho la doctora.

Entramos en la UCI, que es muy pequeñita, y solo hay un paciente más. David tiene las dos piernas vendadas y un brazo en cabestrillo. Un moratón en el ojo muestra el golpe tan fuerte que debió ser. Al parecer, según nos dijo la guardia civil, un tipo se le cruzó delante y él dio un volantazo demasiado fuerte.

Me pongo en el lado donde tiene el ojo que puede abrir y le doy un beso en la frente. Alicia le toma de la mano. Él parece reaccionar. Murmura mi nombre y vuelvo a llorar en silencio.

—Jenni… —dice susurrando.

—Estoy aquí, David, y no me voy a ir. Me quedo contigo.

Él parece sonreír y vuelve a cerrar el ojo. Está muy sedado y no puede más. La doctora nos pide que nos vayamos y nos asegura que, si despierta, podremos volver a entrar.

Nos quedamos fuera en la fría sala de espera y me echo a llorar desesperadamente. Alicia me consuela como si fuera una hermana mayor.

—¿Qué he hecho Alicia? —digo hipando.

—No has hecho nada. Ha sido un accidente.

—No me refiero a eso. Es David. Lo quiero muchísimo. Lo amo. ¡Podría haberlo perdido!

—Ah, menos mal que por fin te das cuenta de algo que estaba más que claro —dice Alicia con una débil sonrisa—. Cuando se recupere, se lo dices y punto.

—¿Y si él no siente lo mismo por mí?

—¿A quién ha llamado la primera? ¿No crees que es una señal?

Asiento y me abraza todavía más fuerte. Rezo mil oraciones para que se ponga bien. Alicia va a por dos cafés y me siento tonta. ¿Cómo no he podido darme cuenta de que realmente a quien quiero es a David? Podría haberlo perdido y puede que lo haya hecho por tontear con Robert, que ni siquiera me ha escrito un mensaje. Hemos hecho un grupo de *WhatsApp* para informar de la situación y Alicia se encarga de hacerlo. Ella está mucho más fuerte que yo ahora mismo. Creo que necesita estarlo, sobre todo, cuando lleguen sus padres.

A las siete, aparecen con el rostro descompuesto. Alicia los abraza y ellos preguntan si pueden verlo. La médica acepta y los deja entrar. David respira por sí solo y a pesar de los dolores que pueda tener, está bien.

Cuando sale, la madre se echa a llorar y el padre la consuela con todo el cariño del mundo. Ahora no podemos entrar hasta las seis, así que Alicia insiste en que nos vayamos todos a casa y descansemos. Ella se queda de momento.

Cogemos el coche adaptado y vamos a Benasque, allí miran la obra y, aunque ven lo bonita que está, creo que no tienen ganas de nada más que de descansar para volver a ver a su hijo.

Robert les da un abrazo. Sus padres también han venido y están alojados en el mismo hotel que Annetta. Todos tenemos el rostro descompuesto y triste. Cris hace la comida y la tomamos con desgana.

Los padres de David se acuestan un ratito hasta volver al hospital y yo voy a hacer lo mismo, no he dormido nada en toda la noche y estoy agotada.

—¿Puedo hablar contigo un minuto? —me dice Robert. No es que tenga ganas, pero casi es mejor, así le digo que estoy enamorada de David.

Salimos a la leñera, donde nos dimos nuestro primer beso de verdad y empezamos a llenar la cesta.

—Me gustó hacer el amor contigo —empieza y yo me sonrojo—, pero estás enamorada de David. —Arqueo las cejas—. Y es algo insultante cómo me he enterado. Cuando tuviste el orgasmo, lo llamaste a él.

—Ah, por eso te has enfadado —digo algo aliviada.

—Claro, a nadie le gusta que le confundan con otro. Supongo que no eres para mí. Así que, ve a por mi primo. La verdad que sois el uno para el otro.

Le doy un abrazo y él también me lo devuelve. Coge la cesta y sale de la leñera.

—Vamos, pequeña zanahoria, que tienes que descansar.

Le tiro una bola de nieve y respiro tranquila. Ha sido realmente fácil. Supongo que Roberto lo ha entendido antes que yo. Ahora solo me queda descansar y luego ver a David y decirle lo mucho que lo amo y que espero que me acepte, a pesar de haber estado con su primo.

Día 19 de diciembre (6 días antes de Navidad)

David

Ayer por la tarde vinieron mis padres, Alicia y Jenni y todos fueron pasando a la UCI por turnos. Aunque me duele todo el cuerpo, los calmantes hacen su papel. Lo que más me consuela es verla ahí, con su rostro pecoso preocupado. No he podido hablar con ella, pero hoy me suben a planta y procuraré hacerlo. Mis padres están más tranquilos. El golpe ha sido fuerte, pero las roturas limpias. Y me encuentro bien de la conmoción en la cabeza. Estoy deseando hablar con ella, pero ahora temo que esté conmigo por pena. La recuperación va a ser lenta y no quiero atarla. Tal vez me vaya a casa de mis padres, aunque no quiero cargar a mi madre con más trabajo.

Los padres de Jenni han venido también en cuanto han podido. Estaban de viaje en Benidorm y en cuanto supieron de mi accidente, llegaron a casa. Supongo que estarán bien apretados en la casa, aunque creo que Cris se ha pasado a dormir con Alicia a la de mis padres. Me han dicho que está muy bonita, aunque estoy seguro de que, con la preocupación, no se han fijado en los detalles.

Me traen un café con leche para tomar y enseguida Jenni se pone a dármelo a cucharitas. Mi madre dice a mi padre que van a la cafetería a tomar algo y Alicia se va a casa a dormir. Ella tiene el rostro lleno de cansancio, pero se ha quedado conmigo. Es una gran hermana.

Así que ya estamos Jenni y yo solos. Me da el café y yo me dejo hacer. Sonrío al ver su cara de concentración para no mancharme.

—¿De qué te ríes? —dice molesta.

—Siempre que te concentras, bizqueas —digo sonriendo. Ella frunce el ceño, pero enseguida sonríe.

—Es que estoy intentando no pringarte. Y bueno, ¿a quién se le ocurre patinar en el hielo con el coche?

Ya tardaba en echarme la bronca. Intento encogerme de hombros, sin acordarme de mi clavícula rota y un dolor fuerte me atraviesa el rostro.

—Estate quieto, joder —dice enfadada.

—No quiero más café con leche. Tengo que hablar contigo, ahora que estamos solos.

—Yo también. Quiero disculparme. O sea, quiero ser sincera, me he acostado con Robert.

Suelta eso de sopetón y, aunque me lo imaginaba, no es algo que me encante escuchar. De repente, se me quitan las ganas de decirle lo que la quiero. No porque me importe que se haya acostado con él, sino porque a lo mejor es porque ella está enamorada y yo me he montado mi película.

—Pero... fue algo humillante para él —dice con una risita. Me giro y abro los ojos. Ella está sonrojada—, o sea, es un poco, me da corte decirlo, pero… en el momento adecuado, dije un nombre, y no fue el suyo. Se ha cabreado de lo más.

—¿Y qué nombre fue? —pregunto tembloroso.

—Cuál va a ser, tontorrón. Pensé en ti, David, porque no sé si tú sientes lo mismo por mí, pero te lo voy a decir. Estoy enamorada de ti, y soy idiota.

—Ah, ya veo.

—Joder, ¿no vas a decir nada más? —dice furiosa.

—Te estaba haciendo sufrir un momento. La verdad es que yo venía dispuesto a luchar por ti, a saber si me amabas tanto como yo a ti.

—¿En serio? —dice sonriendo y se acerca a darme un beso suave en los labios. Me quejo, porque se ha apoyado en la cama. Se aparta como un rayo.

—Sí —digo—. Te quiero, Jenni. Te he querido siempre y no como un hermano. Te quiero como mi compañera de piso, como mi amiga, como mi pareja y como mi futura esposa, incluso como madre de mis hijos. Te quiero siempre en mi vida y no concibo no estar junto a ti. Solo que a veces he sido tonto y no he sabido reconocerlo.

—Los dos somos un par de tontos —dice sonriendo. Y me besa con mucho cuidado, sin tocarme. Acaricio su cara con mi mano libre y ella incrementa el beso.

—Vaya, vaya —dice Cris al entrar en la habitación. Ni nos hemos dado cuenta de que habían llamado a la puerta. Su hermano y sus padres van detrás. Han venido a verme.

—Ya era hora, hermana —dice Ángel y se acerca a darme un pequeño abrazo. Sus padres están llorosos y ella empieza a llorar también.

De repente, aparecen mis padres y la habitación comienza a agobiarme. Hay mucha gente y yo solo quiero estar con Jenni.

Todos hablan y se ve el ambiente festivo, por verme que estoy bien y por habernos cazado dándonos un beso. Su madre se lo explica a la mía y ella me guiña un ojo. Jenni está sonrojada, pero no me suelta la mano.

Viene también Robert, y sus padres, y la doctora nos echa a todos, por montar lío en una habitación de hospital. Solo se quedan mis padres y Jenni.

—Debido a las fechas en las que estamos y a la pronta recuperación, podemos darle de alta en un par de días. Las roturas de tibia y fémur están soldadas y, aunque necesitará ayuda para todo, podríais pasar las Navidades juntos.

Es una gran noticia y sé que mi hermana me ayudará en lo que sea, o mi madre, claro.

—Yo te cuidaré —dice Jenni y sé que lo hará.

—Podemos ir a la casa de Benasque. Quizá dormiré en el sofá, ya que todavía no está el ascensor —digo. No quiero quitarles el dormitorio a mis padres.

—Bueno, ya lo veremos.

Continuamos hablando tan tranquilos los cuatro, como siempre lo hemos hecho, como a partir de ahora, lo haremos.

Día 21 de diciembre (4 días antes de Navidad)

Jennifer

¿Quién dice que los milagros navideños no existen? Hoy ha venido el ascensor y lo han colocado. Ha sido una gran sorpresa. No sé si el padre de David ha echado mano de sus contactos o realmente ha sido algo que trae consigo la Navidad, pero ahora ya podrán subir los dos que están en silla de ruedas. Hoy le dan el alta a David, que está entusiasmado por volver a casa y comer comida decente.

Robert se ha vuelto a Madrid, con sus padres. Supongo que le resultaba algo incómodo y se ha despedido tirándome del pelo y llamándome zanahoria. De alguna forma, siento que es como tiene que ser. O sea, me lo pasé muy bien en la cama con él, pero mi verdadero amor es David. Me encanta pensar y sentir eso. Y tengo ganas de que se recupere para estar con él. En el sentido bíblico.

Además, hemos pensado que compartiré habitación con él, así puedo ayudarle y le quito trabajo a su madre. De todas formas, a partir de ahora, compartiremos cama sí o sí.

De todas formas, el mayor milagro ha sido que David haya salido más o menos bien del accidente tan gordo que tuvo y que después hayamos reconocido que estamos hechos el uno para el otro.

Cris se muere de la risa y Alicia está emocionada. Siempre ha querido que estuviera con su hermano, al igual que nuestros padres. Ahora sí que están haciendo planes para la boda y los nietos. Según ellos, ya llevamos mucho tiempo viviendo juntos y es hora de que nos casemos. Aunque yo no tengo prisa y creo que David tampoco.

Mis padres también están encantados con Annetta. Ella es realmente encantadora y mi hermano se ha enamorado con un colegial. Tanto que ha pensado en marcharse a vivir a Madrid, trabajar en un restaurante y probar a ver qué pasa. Mis padres se han sentido algo tristes por perder de vista a ambos, pero se alegran de que su hijo rehaga su vida. En cuanto al restaurante, Ángel ha hablado con su segunda y lo van a llevar entre los dos, como socios. Annetta está feliz de la vida y la pequeña Sara, emocionada porque va a tener una mami.

—Hay que arriesgarse por el amor —me dice Ángel mientras desayunamos juntos—. Nunca pensé que esto volvería a pasarme, pero ha ocurrido.

—Es un milagro navideño. Estoy convencida de que eso existe.

Miro el reloj, no quiero alejarme mucho de David. Hoy lo he lavado de arriba abajo y nos ha hecho mucha gracia cuando se ha excitado al pasar la esponja por ahí. Sé que me tiene ganas y yo a él, pero de momento, tendremos que esperar. Luego, lo he ayudado a vestirse y se ha quedado en el comedor, jugando a las cartas con su padre. Por eso, me he pasado a ver a los míos y a mi hermano. Alicia y su madre han ido a hacer la compra para Navidad.

—¿Qué tal con David?

—Muy bien. Supongo que hemos sido un poco tontos de no darnos cuenta de que teníamos a la persona amada delante de nuestras narices.

—No pasa nada. Lo importante es darse cuenta antes de que sea tarde. Casi te pierde por Robert, aunque no sé si encajarías con él.

—No creo. Sigue siendo tan chulito como siempre.

Nos reímos los dos y nuestros padres bajan, preguntan por David y les doy el parte. He preparado unas tostadas y Cris llega con Sara en brazos, trotando por la escalera. Annetta aparece también por la casa. Ya estamos todos.

—Debería ir a comprar algo de comer —dice mi madre pensativa.

—No, iré yo —salta enseguida mi padre. Ella no es muy, digamos, eficaz, siempre se le olvidan las cosas.

—Yo quiero ir con los abuelos —dice Sara.

—Venga, pues vamos todos —dice mi hermano invitando con la mirada a Annetta. Ella asiente, feliz de estar incluida.

Cris y yo nos quedamos en la cocina, tomando café, cuando todos se van.

—Menudas Navidades, ¿eh? —dice ella con cariño.

—Increíbles —contesto yo.

—Quién te lo iba a decir que te ibas a tirar a Robert y que al final David sería el amor de tu vida.

—Ay, por favor, no me lo recuerdes. Me siento incómoda por ello.

—Mujer, que de vez en cuando echar un polvo viene bien.

Ella se ríe y yo me sonrojo.

—Vale, sí, tienes razón.

—Y… ¿tan bueno es?

—Creo que solo estaba pensando en David, pero a ver, sabe lo que hace. Grité su nombre y se cabreó muchísimo.

—¡No fastidies!

Cris empieza a reírse a carcajadas y me contagia. Las dos acabamos casi llorando.

—Le diste bien fuerte a su ego, amiga.

Volvemos a reírnos y cuando estoy más calmada, miro el reloj.

—Anda, vete con tu chico.

—Vamos las dos. Agradecerán la compañía y una buena partida de cartas.

Nos pasamos a la otra casa y a David se le ilumina el rostro cuando me ve. Nos sentamos junto a ellos, preparo café y echamos una partida al famoso guiñote. Yo me pongo de pareja con David y veo la compenetración que tenemos al jugar. Por supuesto, les damos una paliza, ganando dos veces tres a cero. Cris no es muy habilidosa y el padre de David se desespera un poco, pero el rato pasado es muy agradable.

Pronto llegan las dos mujeres con la compra y desempaquetamos todo. La madre de David, Clara, ha comprado comida para veinte personas como mínimo. Menos mal que añadimos un arcón congelador en un porche cerrado, detrás de la cocina. Nos quedamos solas ya que Cris y Alicia van a llevar los paquetes allí.

—Sabes, Jenni, me alegro muchísimo de que estés con David.

—Gracias, Clara. Yo también —sonrío. Hace tantos años que la conozco que es como mi segunda madre.

—Él iba dispuesto a recuperarte y luego tuvo el accidente. Si le hubiera pasado algo…

—Pero no pasó —digo abrazándola con fuerza. Ella se hunde en mí y comienza a llorar silenciosamente. Creo que todavía no se había desahogado. La dejo un buen rato y al final, acabamos las dos con los ojos húmedos.

—Perdóname. Quiero parecer fuerte con ellos, pero estaba destrozada. Gracias a Dios que todo ha ido bien.

—No pasa nada. Yo también lloré mucho al pensar que podría haberlo perdido. Pero todo ha salido bien y es lo que tenemos que pensar.

Nos arreglamos la cara cuando llegan las dos chicas, que nos miran, pero no dicen nada. Empezamos a hacer la comida y pienso que, a pesar de todo, será una gran Navidad.

Día 24 de diciembre (1 día antes de Navidad)

David

Aunque me fastidia dar tanto trabajo, hay cosas que me gustan mucho de que me cuide Jenni. Cuando me lava, por ejemplo. Siempre me excito y ella se ríe, pero la noto que también lo está. Tengo muchas ganas de hacer el amor, ahora que estamos enamorados. Es extraño, pero esperar me sienta bien. Nuestra rutina es muy básica. Nos levantamos, ella se sienta un rato con el portátil a trabajar y yo, desde su lado, voy aportando mis ideas. El proyecto del banco lo empezamos en enero y tenemos ya el diseño cerrado. Incluso Robert nos ha echado una mano con él.

Mis padres van a pasear por el pueblo con los padres de Jenni y creo que están haciendo planes sobre bodas, pero no sé si ella quiere casarse ya. Creo que a mí me gustaría. Vestida de blanco estaría simplemente perfecta. Cris se va por ahí con Alicia porque dicen que son velones entre las parejitas. Y es verdad, el hermano de Jenni no se separa de Annetta y está más feliz que nunca.

Solemos comer todos juntos, y luego cada uno se va a descansar, aunque hoy es una locura. Esta noche van a preparar una súper cena entre mi madre y el padre de Jenni y nadie se ha atrevido a entrar en la cocina. Las ventanas que dan al patio se han empañado por el vapor y el calor que sale de esa habitación. Yo creo que quieren invitar a diez personas más porque hay comida sin conocimiento, según me ha dicho Jennifer, que ha entrado por un chocolate caliente para los que estamos marginados fuera de la cocina.

Los demás zanganeamos en el sofá. Cris y Alicia han llenado de regalitos el árbol y Sara, de vez en cuando, se acerca disimulando y mueve las cajas. Yo también le he encargado a mi hermana un regalo especial para Jennifer y espero dárselo esta noche o mañana, cuando estemos solos.

Cris saca su pendrive de canciones de Navidad y se pone a bailar. Enseguida salen Alicia y Jennifer a acompañarla y Annetta coge a Sara de la mano y le da cuatro vueltas, haciendo que la niña ría complacida. Yo miro a mi chica con adoración. Ahora que ya he reconocido que es el amor de mi vida, es como si se hubiera destapado una botella y el contenido saliera sin final. Ella se vuelve, como si supiera que la estoy mirando, y me sonríe, haciendo que mis males desaparezcan. Me gustaría levantarme y abrazarla. Parece que ella lo sepa, porque se acerca a mí y me da un beso apasionado.

—Ey, chicos, que hay niños —dice Cris—, y amigas envidiosas.

—Mi papá también se da besos con Annetta —dice Sara, haciendo que todos riamos alegres.

Ángel, para demostrar que es verdad, coge a la rubia y le planta un beso en sus labios, despacito, para no mover su maquillaje. Sara aplaude y Jennifer también. Parecen muy felices.

—Ahora vosotras os tenéis que echar novio —dice Jenni mirando a Cris y a Alicia que empiezan a cantar a voz en grito, para acallar a su amiga.

—Todo llegará —dice su madre mientras sigue haciendo fotos de todos.

Comemos ligero porque la noche va a ser larga y abundante. Entre los dos cocineros, ni siquiera le han dejado a Ángel intervenir, cosa que él agradece, porque los dos son unas fieras, han preparado un pavo relleno y rape en salsa, además de múltiples aperitivos y dos postres, un tronco de Navidad y sorbete de mandarina. Espero que mi padre no haya echado una de sus famosas naranjas, porque en ese caso, nadie podrá tomárselo.

Cuando llega la hora de cenar, estamos hambrientos porque solo hemos comido ensalada y pescado a la plancha y una tacita pequeña de chocolate caliente. Ponemos los cubiertos y los platos y nos vamos sentando alrededor. Mi madre, por su tradición católica, bendice la mesa y todos comenzamos a devorar los aperitivos. Seguro que mañana va a sobrar la mitad, pero bueno, así no tendrán que cocinar.

El ambiente es maravilloso, la música de fondo es de villancicos cantados por antiguos artistas americanos, como Dean Martin o The rat pack, que tiene grabados la madre de Jennifer de los discos antiguos de sus padres y a veces, tararea alguna de esas canciones.

Estoy nervioso, porque quiero pedirle a Jenni tener un futuro juntos, formalizar nuestra situación, pero no sé cuándo será el momento adecuado.

Acabamos la cena y Sara mira a su padre con ojos de niña que quiere abrir los regalos.

—¿Pero no decías que solo eran los Reyes Magos? —le dice Cris para fastidiarla.

—Pero para enero estaremos en casa. No vamos a desperdiciar estos regalos —dice tan seria que nos echamos a reír.

Alicia reparte una cajita para cada uno. Hay detalles para todos. A mí me han comprado unos calcetines para escayolas y un rascador y a Jenni una bufanda y un gorro de color azul. Todos tienen un detalle. A mí me quema la cajita en mi bolsillo, pero no sé si quiero hacerlo delante de todos. Al final, dudo y nos vamos a la cama, agotados y llenos.

Día 25 de diciembre (¡Navidad!)

Jennifer

¡Qué noche la de ayer! Son las once y tengo la boca pastosa. David todavía está dormido así que me voy a duchar. El agua caliente resbala sobre mí y me dan ganas de tocarme, pensando en mi chico, pero no. Aunque... bien pensado, aunque no podamos hacer el amor, las manos las tengo bien y él una la puede usar. Con ese pensamiento en la cabeza, salgo a la habitación vestida solo con el albornoz. Él ya está despierto y me mira con deseo.

—O sea, David. No podemos hacer el amor, pero... si tú quieres...

Él asiente y me lanzo a besarle, paso la mano por su torso y la deslizo hasta el pantalón que lleva, donde su miembro ya está saltando de alegría. Él besa mi cuello y yo le acerco mis pechos para que pueda jugar con ellos. Siento que estoy a punto de explotar. Utilizo la mano para darle placer y él hace lo mismo conmigo. Nos besamos, nos miramos y nos acariciamos. Ambos nos deseamos, pero no quiero hacerle daño.

Después de un largo sinfín de suspiros y gemidos, nos dejamos ir. Me echo desnuda junto a él que parece realmente satisfecho.

—Tengo muchas ganas de ponerme sobre ti, o debajo, donde sea —dice él mirándome. Me río y me levanto por la esponja para limpiarle.

Él se deja hacer y vuelve a excitarse, pero no podemos. Es tarde ya. Le ayudo a vestirse y me visto yo. Ya estamos preparados para bajar.

—Espera un momento —dice. Lo noto nervioso. ¿Qué ocurre?

—No puedo ponerme de rodillas —dice buscando en su bolsillo y saca una cajita—, pero el amor que siento por ti es el mismo. Jennifer Morales, te quiero, te he querido siempre, desde que éramos niños y me salvaste de un pequeño matón en la guardería. Siempre he sabido que no podría vivir en ningún lugar donde tú no estuvieras y ahora sé que es porque te amo. ¿Querrías casarte conmigo?

—Oh, por favor —digo llorando. No me lo esperaba, estoy sin palabras. Abre la caja y me enseña un sencillo anillo con un brillante. Pero ¿cuándo lo ha comprado?

—Dime algo —dice todavía con la caja en la mano.

—Pues claro, me quiero casar contigo, tonto, ¿acaso lo dudabas?

Me tiro hacia él y lo beso apasionadamente.

—Te quiero, David, te quiero muchísimo y no deseo otra cosa que estar contigo para siempre.

—Pues vamos a ver si te va bien el anillo.

Él desliza el anillo en mi dedo anular y me queda perfecto. Lo miro sonriendo y con una pregunta en la boca.

—Tengo cómplices —sonríe.

Vuelvo a besarle y bajamos en el ascensor nuevo hasta el salón donde Cris y Alicia están jugando con Sara, mientras Annetta y Ángel están sentados en el sillón, cogidos de la mano.

Los cuatro padres están en la cocina y yo entro como una loca y les enseño el anillo. Todos se ponen a aplaudir y a llorar de emoción. Luego salgo al salón y les muestro el anillo, aunque las dos cómplices de David, Cris y Alicia, ya lo habían visto puesto que lo compraron ellas.

El ambiente es alegre y mi madre se sienta a mi lado y me da un gran abrazo. Luego, vienen Cris y Alicia y empiezan a hablar de fechas y de trajes. Me giro hacia Annetta y la invito a que se siente con nosotras, lo que ella agradece.

David huye con su padre y con Ángel hacia la mesa, donde se ponen a tomar un café. Creo que me están volviendo loca con tantas ideas y cosas que me están diciendo y las dejo hablar. Ellas son felices así, aunque luego hagamos lo que queramos nosotros. La verdad es que no me había planteado cómo querría mi boda y esto me hace pensar en muchas cosas. Aunque vivamos juntos desde hace tiempo, ahora todo será distinto. Y va a ir a mejor, lo sé.

Y tal vez, algún día, tenga un pequeño entre mis brazos.

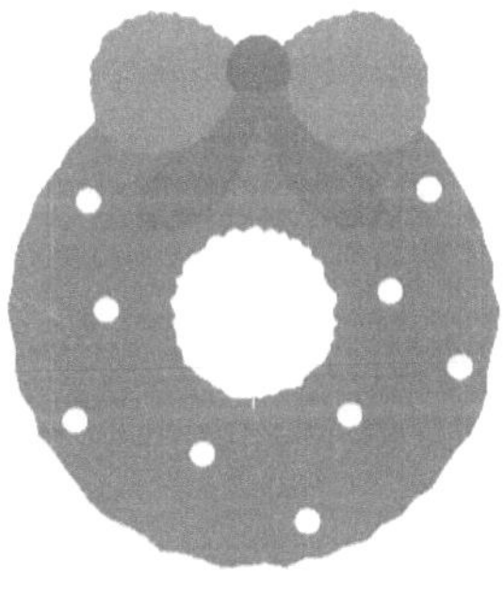

Epílogo

—Me da igual, no pienso ir a esa ridícula fiesta de San Valentín y menos sin pareja —dice Cris cruzando los brazos.

—A ver, es una fiesta con motivos de San Valentín, no es que sea de San Valentín ni para encontrar pareja.

—Jennifer, esto es humillante —protesta de nuevo.

Estamos en mi apartamento. David ha ido a trabajar, porque tras varias semanas de rehabilitación, puede caminar, cojeando, pero sin silla de ruedas. Este tiempo ha sido maravilloso y hemos decidido casarnos en verano, aunque es cierto que no tenemos prisa. Hemos terminado de arreglar el estudio finalmente y ahora trabajo en el piso de abajo, lo que es muy cómodo. Alicia está tecleando rápido en el ordenador. Después del encargo del banco, tenemos otra entidad bancaria para atender. ¡Cómo me gusta mi trabajo!

—Cris, faltan diez días para San Valentín, lo mismo puedes invitar a alguien —digo con paciencia—. David conoce a un tío muy majo de la universidad que es separado, sin hijos. Y con un buen sueldo.

—Mira, no empieces a buscarme pareja.

—Yo estoy de acuerdo —dice Alicia—, vente a la fiesta, Cris. Sin ti no hay fiesta que valga.

—Claro como tú estás saliendo con el tipo del gimnasio —protesta mi amiga.

—No es nada serio, pero bueno, lo pasamos bien.

Cris se enfurruña y mueve su coleta rubia de un lado a otro. Ella es una eficaz agente inmobiliaria y muchas veces nos hemos ayudado con nuestros trabajos, encontrando casas para reformar a clientes exigentes.

—No lo sé. Me lo pensaré.

Se levanta, me da dos besos y se va. Es cierto que se ha quedado un poco, digamos, colgada, porque dice que no quiere estar en medio de las dos parejitas, pero a nosotros eso nos da igual. Tenemos nuestra intimidad y ella no molesta. Pero es cabezona como ella sola.

Hoy tiene una cita para enseñar una casa al sobrino de mi madre, que ha decidido venirse a vivir aquí. Debe tener nuestra edad y espero que sea amable, porque cuando era pequeño, era bastante hosco y callado. Él se llama James y es ingeniero químico por lo visto. Unos laboratorios de la ciudad le ofrecieron trabajo y como ya estaba viviendo su tía aquí, se decidió. Hace mucho que no lo veo, pero mi madre dice que está muy guapo. ¿Quién sabe? Lo mismo....

Agradecimientos y algo sobre mí

Son casi siempre las mismas personas a las que agradezco, porque me apoyan y me rodean dándome todo el cariño del mundo. Entre ellas están mis hermanas, ellas ya lo saben, y por supuesto, mi marido y mis hijos.

Quiero mencionar también a mis lectoras, que cada vez son más numerosas, algunas están pasando de ser lectoras a amigas, y eso no tiene precio.

Muchas gracias de corazón.

En cuanto a mí, te diré, si es la primera vez que lees algo sobre mí, que soy una autora muy prolífica, que escribo sobre romántica, fantasía, y romance sobrenatural. También tengo novelas juveniles e infantiles. Y todo ello está dividido en dos perfiles:

Anne Aband para las novelas románticas, románticas sobrenaturales e infantiles.

Yolanda Pallás, mi verdadero nombre, para las de fantasía épica, y aquellas en las que el porcentaje de fantasía es mayor que el de romántica, así como una de crecimiento personal.

En www.anneaband.com puedes descargarte GRATIS una de mis novelas al suscribirte.

En www.yolandapallas.com también tienes un regalo gratis al suscribirte.

Utilizo varias redes sociales, pero donde estoy más activa es en Instagram, así que, si te apetece, búscame como @anneaband_escritora.

No me queda nada más que agradecerte que me leas y espero que hayas disfrutado de esta novela dulce y corta, con mucho amor y ternura, ambientada en la Navidad.

Si te apetece, me encantará que me dejes algún mensaje o comentario en redes o en la plataforma donde has descargado este libro. Los comentarios de aliento los recibo con mucho cariño y me animan a seguir creando textos bonitos para ti.

Así que, lo dicho, muchas gracias y nos vemos en la siguiente novela.

Otras novelas de Navidad

Bree acaba de descubrir que su novio, el que fue el más guapo del instituto, le es infiel con su mayor enemiga. Pensar que ella que quiso ser abogada para estar junto a él. ¡Cómo pudo ser tan tonta!

Dough, el amigo escocés de la familia, siempre ha estado enamorado de Bree. Como los padres de ambos eran socios, él iba a pasar cada verano con Mark, el hermano de Bree y con ella. Él fue un adolescente con algo de sobrepeso y ella se convirtió en la más bonita del Instituto, o al menos eso le parecía a él.

Una desagradable discusión hizo que Dough no volviera más, y tras diez años, vuelven a reencontrarse. Bree sigue siendo bonita, pero no se espera que Dough haya crecido y se haya convertido en el hombre atractivo que es.

Sin embargo, la relación podría ser complicada por temas empresariales, por lo que se alejan y se acercan confusos.

Las Navidades y la boda de la tía de Bree hará que todo cambie radicalmente.

https://relinks.me/B08MPP3MK8

Caroline pensaba ir de crucero con su novio, si no fuera porque él la dejó unos días antes. Claro que, en el fondo, ella se sintió aliviada, porque se dio cuenta de que no estaba enamorada. Así que se va a marchar con su amiga Sarah.

Alessandro no piensa en atarse con nadie, sobre todo, desde lo que le pasó a su hermano. Él comenzará a trabajar en el crucero, encargado de las actividades lúdicas.

Cuando ambos se encuentran bajo el muérdago, algo mágico y único sucede.

¿Podrán superar los problemas personales? ¿Serán capaces de admitir su mutua atracción?

Pasa un rato divertido con esta novela corta ambientada en la Navidad.

https://relinks.me/B08NHJQM9R

Susan Edwards viaja a Edimburgo para ayudar a su antiguo profesor con una excavación en unos terrenos de su propiedad.

Ella no espera encontrarse con un atractivo escocés que va a trastornar sus planes.

Sean McDall admira la pasión de la preciosa morena por la arqueología. Le encantaría ser el foco de su atracción.

Susan no sabe qué hacer con respecto al escocés. Él no sabe si marcharse o quedarse.

Al final, un acuerdo sorprende a todos y acaba con una Feliz Navidad.

Lee esta novela corta romántica ahora y ¡disfruta del amor y la Navidad.

https://relinks.me/B08NPSTMBF

Recopilación en papel de las tres novelas anteriormente nombradas.
Enlace: https://relinks.me/B08P19YPFG

Este esel cuarto libro de la saga Avalon, ambientado en días navideños. Se puede leer de forma independiente, aunque se nombran personajes de las novelas anteriores.

A **Deb Seward** la Navidad le pone muy romántica. Ella tiene claro que Nick Canon es el amor de su vida, aunque él no lo sepa. Es atento, un poco loco, bohemio y baila de maravilla. Durante los meses que trabajaron juntos en el hotel comenzaron un romance y ella está loca por él pero…

Jürgen Bentsen es enfermero, pero una mala experiencia le hizo dejar la profesión. Así que estudió gestión hotelera y se metió a trabajar en la empresa de su primo Erik. Ahora tiene que viajar a Avalon, para hacerse cargo del hotel durante un par de semanas, ya que los actuales directores, Ashton Holmes y Julia Moon, tienen que viajar a Pekín, para pasar las Navidades con su familia.

Cuando Jürgen conoce a la dicharachera y preciosa Deb, siente que esa americana le está robando el corazón, y hará lo posible para que ella se fije en él. Incluso vestirse de Santa Claus en la fiesta de Navidad que se organiza en el hotel.

Pero todo no saldrá como él ha pensado y las dificultades se le acumulan. Sobre todo, cuando tiene que recordar su pasado como enfermero por un acontecimiento inesperado.

Deb se sentirá atraída por el grandullón, pero duda entre una vida de diversión y otra de tranquilidad.

https://relinks.me/B09JQBWJ8Q

9 7 9 8 7 5 6 6 4 6 9 4 8